Christian Heinrich Spiess

Das Ehrenwort - Lustspiel in 4 Aufz.

Christian Heinrich Spiess

Das Ehrenwort - Lustspiel in 4 Aufz.

ISBN/EAN: 9783744676717

Hergestellt in Europa, USA, Kanada, Australien, Japan

Cover: Foto ©Andreas Hilbeck / pixelio.de

Weitere Bücher finden Sie auf **www.hansebooks.com**

Das Ehrenwort.

Ein Lustspiel

in

vier Aufzügen,

von

C. H. Spieß.

---

1 7 9 1.

Personen.

Baron von Storchenau, ein pensionirter Obrister.

Baroninn von Storchenau, seine Gemahlinn.

Baroninn von Waldheim, eine junge Wittwe.

Graf von Lohenhausen.

Graf Tillenheid.

Baron von Schönberg.

Lischen, Kammerjungfer der Baroninn.

Franz, Bedienter des Grafen.

Einige Bediente.

Er.

Erster Aufzug.

(Zimmer der Baroneß v. Waldheim.)

———————

Erster Auftritt.

Baroninn v. Waldheim. Baron Schönberg und Lischen.

(Die Baroninn sitzt im Pudermantel, bereits frisiret, an ihrem Nachttische. Lischen steckt ihr Blumen auf; die Baroninn sieht dabei ungeduldig in Spiegel; Baron Schönberg sitzt neben ihr und hilft mit ordnen.)

Baron Schönberg.

Hieher, Lischen, hieher die Rose! da wird sie göttlich stehen!

A 4   Bas

Baröninn. (auffahrend) Ich bitte sie, mi=
schen nur Sie sich nicht drein; Sie verstehen vom
weiblichen Puße gar nichts. Setzen Sie sich auf
die Sopha; lesen Sie etwas, wenn ich Sie an=
ders hier dulben soll.

Baron Schönb. Aber ich sehe so gerne zu,
und glauben sie sicher — —

Baroninn. Marsch auf die Sopha, sonst —
— Sie kennen mich doch!

Baron. Ich sitze schon, ich sitze schon! — —
Gehen Sie heute wieder auf den Ball?

Baroninn. Wenn Sie's gnädigst erlauben:
Ja!

Baron. Und werden sich ohne Zweifel wie=
ber mit der Maske im schwarzen Domino unter=
halten?

Baroninn. Richtig, Herr Baron, richtig!

Baron. O malheureux, que je suis!

Baroninn. Was murmeln sie daher?

Baron. Nichts, nichts! (der Baroninn nahend)
Erlauben Sie mir wenigstens, daß ich sie auf den
Ball führen darf?

Baroninn. Ich bedarf keines Ehrenhüters,
am wenigsten eines solchen, wie Sie sind, Herr
Baron.

Baron. Ich wette der schwarze Domino wür=
de diese Antwort nicht erhalten haben.

Baroninn. Kann seyn! (Lischen richtet immer
noch am Kopfputze; die Baroninn stößt ihr unwillig die
Hände weg, und reißt die Blumen herunter.) Mei=

nen

nen Hut! Mach ſie's kurz! Hört ſie nicht! Meinen
Hut!

Lischen. (ins Seitenzimmer abgehend) Ah, da
brauchts engliſche Geduld!

Baron. (retirirt ſich auf die Sopha und lieſt)

Baroninn. (ſtützt ſich mit dem Arm auf die
Toilette, für ſich) Unbegreiflich! Immer nur er!
Immer nur ſein Bild! Wie ſchön, wie heiter, wie
männlich! und doch ſo froſtig, ſo kalt!

Lischen. (an der Thüre) Eure Gnaden! Welchen Hut ſoll ich denn bringen? den ſchwarzen?
den gelben? den —

Baron. (auffahrend) Den von der Mamſell
Richter, wenn ich bitten darf, der ſteht ihnen
göttlich! — —

Baroninn. (im Gedanken) Den erſten, den
beſten.

Lischen. (bringt einen Hut, und ſetzt ſolchen der
Baroninn auf.)

Baroninn. (den Hut richtend) Beſſer links!
noch mehr! — — Mehr links ſag ich! Hat ſie
denn das Gehör verlohren?

Lischen. Aber, mein Gott! Eure Gnaden
ſind auch ſeit einiger Zeit gar zu wunderlich!

Baroninn. Und ſie ſeit einiger Zeit gar zu
albern, gar zu dumm! (betrachtet ſich im Spiegel)
Schön! allerliebſt! Nur noch den Stab in die
Hand, ſo bin ich die natürliche Schäferinn! Mein
ſchwarzer Schöps iſt weg, Mirtill, haſt du ihn
nicht geſehen? Akkurat ſo! — — Weg damit!
Weg! Hört ſie wieder nicht? Herunter! herun=

ter!, reißt den Hut selbst vom Kopfe, wirft ihn auf die Erde, und springt drauf) Nein! so schlecht war ich in meinem Leben nicht bedient! Mit der Ofen= gabel mag sie wohl besser umgehen können, als mit der Haarnadel! Es ist nicht mehr auszuhal= ten; sie kann sich einen andern Dienst suchen! Ich will mich nicht zu Tode ärgern! Hat sie mich verstanden?

Lischen. (den Hut aufhebend) Ganz wohl, Euer Gnaden! (weinend) Werde doch eine andre Herrschaft finden! Schlimmer kanns mir auch nicht werden!

Baroninn. Mir auch nicht, mir auch nicht!

Lischen. Was werden denn Euer Gnaden jetzt auffetzen?

Baroninn. Nichts, gar nichts! Nun! Was gast sie mich wieder an?

Lischen. Eure Gnaden wollten ja auf die Re= doute gehen?

Baroninn. Wollten! wollten! wie ein Uhu! nicht wahr? den Leuten zum Spott und Geläch= ter! Ich will allein seyn, bin für Niemanden zu Hause!

Lischen. Ganz wohl!

Baroninn. Wenn aber der Graf Tillenheld kömmt, so soll man ihn melden!

Lischen. (Ab.)

Zwey=

Zweyter Auftritt.

Baroninn. Waldheim. Baron Schön-
berg.

Baroninn. (setzt sich neben dem Baron auf die Sopha) Ich bitte um mein Buch!

Baron. (giebt ihr solches) Trés volontiers! Sie wollen also lesen?

Baroninn. Ja! denn ich will allein seyn.

Baron. Das war sehr verständlich!

Baroninn. Freut mich, wenn Sie es doch einmal verstanden haben!

Baron. Ich soll also gehen?

Baroninn. Ich wünsche allein zu seyn!

Baron. Fort hier! Erlauben sie mir wenigstens, englische Julie, eine einzige Frage.

Baroninn. Wenn ich sie anders nicht los werden kann, so fragen sie!

Baron. Werden Sie heute auf den Ball gehen?

Baroninn. Das hängt von meinem Humor ab!

Baron. Plút á Dieu! daß er der nämliche bliebe! Ich wollte ihn herzlich gern ertragen! Herzlich gern auch nicht ein freundliches Gesicht von ihnen verlangen! Gehen sie nur nicht auf den fatalen Ball!

Baroninn. Und was könnte, was würde dieß Ihnen nützen! Herr Baron, ich glaube doch nicht —— Aber aus ihrer fleißigen, täglichen

chen Aufwartung, aus ihrem ganzen übrigen
Betragen bin ich beinahe berechtigt, zu schlüssen,
daß sie vielleicht gar — — — Aber ich kanns
nicht glauben, es wäre zu seltsam, zu lächerlich — —

Baron. Und doch, Auserwählte, doch ists
so! Ich bin au dernier point in sie verliebt!
Ich kann mir nicht helfen! Ich muß es Ihnen
gestehen, und danke ihnen tausendmal, daß sie
meiner Empfindung Worte gäben! Ich will für
sie leben und sterben! Ich war sonst flatterhaft,
aber nun bin ich auf ewig gefesselt! (fällt ihr zu
Füßen) Hier lieg ich! Hier liegt ihr ewiger Sklav!
sprechen Sie mein Urtheil! Was habe ich zu hoffen?

Baroninn. (lachend) Wärs möglich? Aber
es kann nicht seyn! Wie könnten sie sichs nur einfallen laffen?

Baron. Croiez moi! Ich bin verliebt, äuf-
serst, schrecklich verliebt! Ohne sie kann ich nicht
seyn, nicht leben! Und wenn sie mich in vier Wo-
chen nicht heyrathen, so bin ich in der fünften des
Todes! Ja, lachen sie nur, es ist und bleibt doch
so!

Baroninn. Stehen sie auf!

Baron. Nicht eher, bis Sie mein Urtheil sprechen! Leben oder Tod! Dies ist in diesem Augenblicke mein Loos! Englische Julie, bedenken Sie
dies!

Baroninn. Wenn sie nicht aufstehen, Baron,
so muß ich sie verlaffen! (steht vom Sopha auf)

Ba-

Baron. (ihr nach) Bleiben sie! Ich folge willig und gerne, nur sprechen Sie mein Urtheil!

Baroninn. Ists wirklich ihr Ernst?

Baron. Diable m'enporte! mein ganzer, völliger, wahrhafter, beständiger, ewigdaurender Ernst!

Baroninn. So bedaure ich sie vom ganzen Herzen!

Baron. O justé ciel!

Baroninn. Aber wie konnte es ihnen nur einfallen, sich in mich, in eine Frau von meiner Denkungsart zu verlieben? Wie konnten sie nur hoffen, daß ich ihre Neigung erwiedern würde, erwiedern könnte?

Baron. Ach, das ist zu grausam! Bin ich nicht Baron? Bin ich nicht Herr eines ansehnlichen Vermögens?

Baroninn. Da sind sie in meinen Augen verdammt wenig! Mein Mann, wenn ich mich anders wieder verheirathen sollte, muß hier und hier (zeigt auf Kopf und Herz) Reichthümer besitzen, und da herrsche — nehmen sie mir meine Freiheit nicht übel — bei ihnen die äusserste Armuth! —

Baron. Mais bon dieu —

Baroninn. Lassen sie mich ausreden — Als ein Anverwandter meines seligen Mannes erhielten sie den Zutritt in meinem Hause; und wurden oft von mir gerne gesehen, wenn sie mit allerlei Stadthistörchen, mit ihrer Chronique scandaleuse mir die üble Laune verschwazten; aber

nie

nie kam mir auch nur der entfernteste Gedanke von
Liebe gegen sie ins Herz; und wie können sie, der
sie der Kupido der ganzen Stadt, der Adorateur
aller hübschen Mädchen sind, auch wohl Anspruch
auf meine Liebe machen?

Baron. Ich gestehs ja herzlich gerne, daß
ichs war; aber, seit ich sie liebe, hat sich mein
ganzer Karakter verändert! Ich gehe nirgends
hin; bin nur da, wo sie sind, suche nur ihnen zu
gefallen — —

Baroninn. Vergebne Mühe! Glauben sie
mirs, lieber Baron, unsre Herzen werden nie har-
monieren!

Baron. Also ist alle Hoffnung verlohren?

Baroninn. Alle! alle! Und als Liebhaber
muß ich mir ihre künftigen Besuche schlechterdings
verbitten.

Baron. O Cruelle! Wissen sie wohl, daß
sie mein Todesurtheil sprechen?

Baroninn. Ha! ha! ha! So ein grösser
Romanenheld sie sind, so wird sie doch ihre Kourage vor einem solchen Gedanken bewahren.

Baron. Sie glauben also nicht.— —

Baroninn. Nein, ich glaube nichts!

Baron. Gut! gut! Sie kennen mich noch
nicht! Ich schwöre ihnen — — Morgen! Nein,
heute sollen sie noch von mir hören! Leben sie wohl!
Leben sie ewig wohl! (läuft fort.)

Baroninn. Adieu! Mein Kompliment an alle
hübsche Mädchen!

Ba-

Baron. (kehrt an der Thüre um) Und sie laffen mich wirklich gehen? Wiffen sie wohl, daß es mein fester Vorsatz war, mich ins Waffer zu stürzen.

Baroninn. Den sie aber doch izt schon geändert haben?

Baron. Ja! denn ich will vorher alles verfuchen! Will sie beschwören, bitten! — — Können sie mich nicht lieben, so haben sie wenigstens Mitleiden, Erbarmen mit mir!

Baroninn. Närrischer Mann! Wenn ichs nun hätte! Was hülfe es ihnen?

Baron. Alles! alles! Wenn sie Mitleiden, Erbarmen mit mir haben, so werden sie mich auch aus Mitleib und Erbarmen heirathen, und dann bin ich glücklich.

Baroninn. Sie phantafieren! Gehen sie nach Haufe, schlafen sie den Rausch aus; ich hoffe sie Morgen vernünftiger zu sehen.

Baron. Also ists richtig? Ists ausgemacht?

Baroninn. Was?

Baron: Daß sie den fremden Grafen, den schwarzen Domino mir vorziehen?

Baroninn. Und wenn es denn wirklich so wäre? Was könnten sie dagegen einwenden? Bin ich nicht frei? Nicht unabhängig? Hab ich Ihnen Liebe oder Treue versprochen?

Baron. Bien! tres bien! fort bien! Aber er soll mir dafür büffen! So nicht, fur mon honneur! so ungestraft geb ich meine Absichten nicht auf! Ich gehe — — —

Baroninn. Viel Glück auf die Reise!

Baron. Ich gehe! — — Denn ihr Haus haben sie mir ja verboten?

Baroninn. Wenn sie sich ferner so betragen, könnte es leicht geschehen!

Baron. Wohl! wohl! ich gehe! ich gehe!

Baroninn. Nun so gehen sie nur einmal!

Baron. Aber wissen sie auch, wohin ich gehe?

Baroninn. Je meinetwegen zum türkischen Sultan! Was kümmerts mich!

Baron. O es wird Sie schon kümmern! En verité! Ich gehe — —

Baroninn. Fangen sie schon wieder zu gehen an?

Baron. Ja, ja! Ich gehe spornstreichs zu dem — — zu dem — zu dem verdammmten Grafen — — —

Baroninn. Sie? Ei, das wäre! Und was wollen sie denn dort? Sich ohne Zweifel erkundigen: Wie er geschlafen hat?

Baron. Non, Madame non! Ich werde Satisfaktion von ihm begehren! Er muß mir sie entweder abtreten, und allen Ansprüchen auf sie entsagen, oder er muß sich mit mir schlagen!

Baroninn. (lacht stark) Hätt' ich doch nicht geglaubt, daß ich heute noch so lachen würde! Ja! wenn man die Kourage in Apotheken kaufen könnte!

Baron. Madam la Baronne! Ich! ich! (stampft mit dem Fuß, und eilt, kehrt an der Thüre wieder um) Ich kann sie nicht verlassen! (kniet vor ihr nieder) Ach! helas! können sie mich denn gar nicht lieben?

Das

Baroninn. Iſt der Heldenmuth ſchon verraucht?

Baron. O nein! Sagen ſie nur: Ob ich gar keine Hoffnung habe?

Baroninn. Keine!

Baron. Eh bien! Nun ſollen ſie ſehen: ob ich Wort=halte! Rache ſei itzt mein Labſal! Ich will ihn finden, und wenn der ganze Erdball über ihn gewälzt wäre. (ſtürmt ab)

Dritter Auftritt.

Baroninn von Waldheim. (allein)

Wenn er wirklich ſo toll wäre! Ach! Er und ein Duell! So was läßt ſich nicht denken! — — Verliebt ſcheint er wirklich! und dann verdient er auch mein Mitleiden! — — Ja, ja! Schenke es ihm ganz, Julie! Biſt du nicht ſelbſt in dem nämlichen Falle? Sehr wahrſcheinlich wirſt auch du zu bedauern, zu bemitleiden ſeyn! Nein eher ſterben, eher verſchmachten, als mich ſelbſt antragen, als Liebe erbetteln! — — Und hab ichs nicht ſchon gethan? Gab ich nicht dem Grafen Tillenheld Aufträge? Pfui, das war ſchwach! — — Aber er ſoll ja nur nachfragen! — — Nur fragen ſoll er; — — O ich bin ſo verdrüßlich! ſo ärgerlich! Ich möchte! ich möchte — — Nun, was denn? — — Ja wenn ichs ſelbſt wüßte!

N 2   Vier=

Vierter Auftritt.

Baroninn. Ein Bedienter.

Bedienter. Der Herr Obriste von Storchenau, nebst seiner Frau Gemahlinn!

Baroninn. (verdrüßlich) Hats ihm denn die Kammerjungfer nicht gesagt, daß ich nicht zu Hause seyn will?

Bedienter. Sie hats! Aber der Herr Obriste hat vom Herrn Baron von Schönberg erfahren, daß Euer Gnaden doch zu Hause sind.

Baroninn. O so wollte ich ——— Sie sind mir willkommen!

(Bedienter öfnet die Thüren.)

Fünfter Auftritt.

Baroninn. Obrist Storchenau. Frau Obristinn.

Baroninn. (ihnen entgegen) Verzeihung gnädige Tante! Sie treffen mich noch in Negligee! Guten Morgen, lieber Onkel!

Obrister. Guten Morgen! (nimmt sie bei der Hand) Kommen sie doch her, lassen sie sich betrachten! Ja, ja! richtig! Da giebts auch trübe Wolken! Ungewitter aller Arten! Es muß stark gedonnert haben, denn der Baron Schönberg schoß wie ein Sturm-

wind

wind bei uns vorbei! Kaum, daß er uns Red und
Antwort gab: Ob wir Sie zu Hause träfen?

Baroninn. Sie irren sich, bester Onkel! we=
nigstens ich habe das Gewitter nicht erregt!

Obrister. Nun, nun! Seis, wie es wolle!
— Sagen sie mir aufrichtig, Nichte: Wird etwas
draus? Bekommen wir bald eine Hochzeit?

Baroninn. Mit dem Baron? Ewig nicht!
Wie kann ihnen nur so etwas einfallen?

Obrister. Bravo, Nichte, bravo! Sie haben
Recht! Mich gehts zwar nichts an. Auch ist der
Baron ein Kavalier, der überall sein Glück machen
wird! Aber sein lüftiges, windiges Wesen, sein
ganzer Karakter gefällt mir nicht, und verspricht
keine gute Ehe! Heute zu Tage müßen die Männer
sanftmüthig und äußerst tolerant seyn; denn es
giebt im Ehestand immer allerhand zu dulden und
zu tragen! nicht wahr?

Fr. Obristinn. Du mußt immer etwas ha=
ben? Komm her, liebes Nichtchen, ich habe dich
noch nicht einmal geküßt! (küßt sie laut und derb)
Aber um Gotteswillen, du siehst so blaß aus? Bist
du etwann krank?

Baroninn. Ich war die ganze Nacht nicht
wohl!

Fr. Obristinn. Nun da haben wirs! daß du
mir etwann krank wirst! Das sind die Folgen des
beständigen Tanzens! Hast du denn schon etwas ein=
genommen? Ein antispasmotisches Pulver oder
Magentropfen? Laß doch den Puls fühlen! Ich
verstehe mich so ziemlich darauf! (den Puls fühlend)

Ja,

Ja, ja! Richtig! Er geht eschofirt! Du haſt dich erhitzt! Leg dich lieber nieder!

Baroninn. Es wird ſo arg nicht werden! (zum Obriſten) Wollen ſie ſich nicht ſetzen, lieber Onkel! Wie gehts ihnen denn?

Obriſter. Schlecht! Miſerabel! Ich komme Abſchied von ihnen zu nehmen! Will wieder fort auf mein Landgut!

Fr. Obriſtinn. Ja, denk dir nur, Nichte, er will wieder hinaus! (heimlich) Und ich wäre ſo gerne noch hier geblieben!

Baroninn. (zum Obriſten) Ah, ſie dürfen uns noch nicht verlaſſen!

Obriſter. Nichts da! Ich gehe heute Nachmittag fort!

Fr. Obriſtinn. Aber eine Woche, Alter, könnten wir doch noch da bleiben, und die ſchönen Feſtins mit anſehen!

Obriſter. Heute Nachmittags geh ich fort! Verſtehſt du mich! und wenn du nicht mitgehen willſt, ſo kannſt du da bleiben. Ich will drauſſen ſchon jemanden finden, der mir die Zeit vertreibt. Aber das ſag ich dir; komm mir hernach nicht mehr unter die Augen! Ich laß dirs Thor vor der Naſe zuſperren!

Fr. Obriſtinn. Nun, nun, lieber Obriſter! Ich habs ja ſo böſe nicht gemeint!

Obriſter. Du ſollſt nichts meinen, ſollſt nichts wollen! ſollſt gehorchen! Wie ſichs für eine Frau ziemt und gebührt! Weißt ohnehin, daß ich in meinem Hauſe ſtrickte Subordination fordere.

Fr. Obri

Fr. Obristinn. Was das für ein Kreuz ist! (heimlich zur Baroninn) War denn dein seliger Mann auch so brutal?

Baroninn. (lächelnd) Das nicht, liebe Tante! (zum Obristen) Behagt ihnen denn unsre Stadt so übel?

Obrister. Uebel! Sehr übel! Ueberhaupt schickt sich die Stadt schlecht für alte Leute! Ich liebe die Ruhe, und die findet man bei euch nicht! Ihr macht den Tag zur Nacht, die Nacht zum Tage! und will man auch die verdammte Mode nicht mitma= chen, so kann man doch vor ewigem Getrapple Ge= fahre und Geschreie kein Auge zu thun! Eure Fe= stins, eure Redouten, die soll gar der Teufel holen! Da muß man sich treten, quetschen, drücken und stos= sen lassen, um einen Haufen Phantasten herum hüpfen zu sehen! Will ich das auf dem Lande sehen, so gebe ich meinen Bauern ein Faß Bier, die tanzen und springen tausendmal höher, und lassen mir doch meine Füsse und Rippen in Ruhe!

Baroninn. Zwischen tanzen und springen ist ein Unterschied!

Obrister. Richtig, liebe Nichte, richtig! Ein gewaltiger Unterschied! Ihr tanzt wie die Drath= puppen die man auf Jahrmärkten zur Schau aus= gestellt! Alles gedrechselt! Alles gezwungen! Den Arm in die Höhe! Den Fuß voraus! Dahin! Dort= hin einen Schritt! (tanzt einige Schritte) Aber mei= ne Bauern, die hüpfen und springen, wies ihnen einfällt! Juhe! (schlägt in die Hände, dreht die Obri= stinn einigemal im Kreise herum) Auhweh! Auweh!

N 4   (setzt

(ſetzt ſich, und ſtreicht die Füſſe, zur Obriſtinn) Ger=
trude! Es iſt Zeit, daß wir reiſen! 'S Podagra
meldet ſich auch wieder!

Fr. Obriſtinn. Warum treibſt du ſolche Strei=
che! Es geſchieht dir ſchon recht. Aber was ich
dich bitten wollte, lieber Obriſter, und ſchon ſo oft
gebeten habe: Nenne mich nur wenigſtens vor den
Leuten nicht: Gertrude!

Obriſter. Warum denn nicht?

Fr. Obriſtinn. Ich kanns nun einmal nicht
leiden; werde allemal über und über roth. Nicht
wahr, Nichtchen, es iſt ſo ein gemeiner Name?

Obriſter. Hölle und Wetter! Was das wie=
der für ein verdammter Einfall iſt! Warum hat dich
dein Vater denn ſo taufen laſſen?

Fr. Obriſtinn. Freilich, freilich, der alte
Mann, Gott hab ihn hochſelig, hats nicht beſſer
verſtanden. Wenn er noch lebte, ich ließ nicht nach
bis er mir einen anderen Namen gäbe. Es ſind
itzt ſo ſchöne Namen Mode! So niedlich! So aller=
liebſt! Lina, Lottchen, Minchen, Sophchen, Friz=
chen, Jettchen, Fanchen, Jenni, Netchen!

Obriſter. Titſchen! Tatſchen! Ei ſo wollte ich;!
— — Aber ſagt mir doch ihr verdammten Mode=
puppen, was das für ein Name iſt: Nettchen?

Fr. Obriſtinn. Nettchen? das iſt eigentlich
Nannette oder auf plump deutſch Anna! Du ſiehſt
alſo, daß — — —

Obri=

Obriſter. Ich bitte dich, halts Maul! ſonſt läuft mir die Galle über! Ich wollte doch, bei Gott, lieber Anna als Rettchen heiſſen! das heißt ja den ehrlichen Namen verhunzen! O du verdammte Mode! — — Nein, Hans heiß ich, Hans lebe ich, Hans ſterbe ich! Und wer mich anders nennt, der bekömmt eins hinter die Ohren! Merk dirs Gertrude, und komm mir nicht einmal mit einem Häns-chen, oder gar mit einem Jean angeſtochen!

Fr. Obriſtinn. Schon wieder Gertrude! (zur Baroninn, welche unterdeſſen in tiefen Gedanken da ſtand) Liebes Nichtchen, hilf mir nur anſtatt der abſcheu-lichen Gertrude einen andern Namen ausſinnen!

Baroninn. Gertrude? Warten ſie, liebe Tante! Trude! Trude, Je, da haben wirs ja! Trutchen:

Fr. Obriſtinn. Ja richtig! (äuſſerſt freudig) Trutchen! Trutchen! (zum Obriſten) O liebſter, be-ſter Mann! Mach mir die Freude, das Vergnü-gen! Nenne mich künftig; Trutchen! Willſt du? Ja?

Obriſter. Warum denn nicht? Ich darf ja nur an unſre Truthühner zu Hauſe denken, und ſollt ichs auch vergeſſen, ſo wird mich doch dein Geſicht an unſern Truthahn erinnern?

Fr. Obriſtinn. Was? bin ich etwann ku-pfericht? Bin ich — — — —

Obriſter. Nun! Nu! Biſt du nicht kupfericht, ſo biſt du doch impertinent roth. Auch ein Aus-truck, den ich hier in der Stadt gelernt habe! Gieng geſtern mit dem Hauptmann Igelſtein ſpazieren;

ein hübsches Mädchen begegnete uns! Schade um
das Mädchen, daß es rothe Haare hat, sagte ich!
Die Haare sind nicht roth, erwiederte der Haupt=
mann, sondern nur impertinent blond! (lacht) Ha!
ha! ha! Just so, wie Anna und Nettchen!

Fr. Obristinn. (welche sich unterdessen im Spie=
gel besehen) Ich habe mich ein wenig zu stark ge=
schminkt! Ja! Ja! (zur Baroninn) Nichtchen!
Hab ich etwann zu stark ins Büchsgen geblasen,
bin ich ausgerutscht?

Baroninn. (sie betrachtend) Ah, was schadet
das? (zum Obristen) Glauben Sie mir, lieber Onkel
ein Kreuzer Rouge ist bei der jetzigen Welt mehr
werth, als um hunderttausend Gulden Brillanten!

Obrister. Glaubs! Glaubs gerne! Und da
man ohnehin die Frauenzimmer itzt als eine kourante
Waare betrachtet, so handeln die Eltern als Kauf=
leute betrachtet, ganz recht, wenn sie sich nach dem
Geschmacke des Käufers richten, dem ein lakirtes
Gesicht lieber, als ein natürliches ist. Aber meine
Alte da ist schon verkauft; ich war der Käufer, und
ich verlange rohe, simple Natur, nicht Lak! Komm
her Trutchen! (zieht ein Tuch heraus) Siehst du, so
gefällst du mir nicht! Aber so (wischt ihr die Schminke ab)
bist du mein altes, ehrliches braves Weib! (küßt sie)
Und itzt maul nicht, schneide mir keine Gesichter!
Du weißt, ich kanns nicht leiden!

Fr. Obri=

Fr. Obriſtinn. (zur Toilette eilend) Ach gu=
ter Gott! Wie ſeh ich aus? Blaß wie der Tod!
(zur Baroninn) Diskurire ein wenig mit dem Alten,
damit er nichts merkt! Ich muß mich wieder ſchmin=
ken; kann ja unmöglich ſo vor den Leuten erſcheinen!
(ſchielt immer heimlich nach dem Obriſten, und ſchminkt
ſich aufs neue.)

Baroninn. (zum Obriſten) Sie wollen uns
alſo wirklich verlaſſen?

Obriſter. Ja, Nichte, ja!

Baroninn. Wenn ſie mich mitnehmen wollen,
gehe ich vielleicht mit!

Obriſter. Je, vom Herzen gerne, liebe Nichte,
ich will ſie bewirthen ſo gut ichs kann und vermag!
Sollen gewiß Behagen am Landleben finden! Nichts
ſoll ſie geniren; ſie können früh mit Sonnenaufgang
aufſtehen; können ſich im Fluße baden, oder baar=
fuß im Thaue auf den Wieſen ſpatzieren gehen,
oder — — —

Baroninn. (lacht)

Obriſter. Sie lachen? Nun! wenn ihnen das
nicht gefällt, ſo können ſie auch ſchlafen, bis ſie
die Sonne aus dem Bette brennt; können gegen
Abend ein wenig im Walde Schwämme ſuchen! Sie
lachen wieder! O das iſt ihnen eine herrliche Unterhaltung, man kann nebenbei Verſtecken ſpielen! —
— Und Feſtins will ich ihnen auch geben, wobei
ſie nicht Gefahr laufen, daß man ihnen einen Fuß
abtritt, oder eine Rippe einquetſcht! Ja, Nichte!
Sie gehen alſo mit? Ihre Hand darauf!

Ba=

Baroninn. Laſſen ſie mir nur eine Stunde Bedenkzeit, und dann will ich ihnen meinen Entſchluß ſagen! Ich will nur noch vorher den Graf Tillenheid ſprechen, welchen ich erwarte.

Fr. Obriſtinn. (hervortretend) Wie? Wäs hör ich? Nichtchen! Du wollteſt mit uns aufs Land gehen? Das wäre ja allerliebſt! Das wäre ſcharmant!

Obriſter. Richtig, ſchön wärs! Ich würde mir dann denken, ſie wären mein Kind, meine Tochter, und mir es in meinen alten Tagen noch recht wohl ſeyn laſſen! (betrachtet die Obriſtinn genau) Trutchen! komm doch einmal näher zu mir. Gertrude! Hörſt du nicht! Zu mir ſollſt du kommen!

Fr. Obriſtinn. (nähert ſich langſam.)

Obriſter. Laß dich doch anſehen! — — Sag mir einmal, du alte, verdammte Schachtel! Soll ich nicht fluchen? Nicht wettern? Nicht mit dir zanken? He? Wie ſiehſt du wieder aus? Ich glaube, Gott verzeih mirs, Weib, auf deinem Geſichte wächſt die Schminke, wie die Schwämme im Walde! (wiſcht ſie derb ab) Und itzt probiers noch einmal, ſo ſetzts was anders. Verſtanden! — — Nein! Es iſt Zeit, daß ich die Stadt verlaſſe! Das Weib würde noch die größte Modenärrinn! — — Stellen ſie ſich vor, Nichte, was ſie mir geſtern angeſtellt hat! Wir kamen Abends aus der Redoute nach Hauſe! Lahm und krum ſehnte ich mich herzlich nach Ruhe! Auf einmal verbreitete ſich im Zimmer ein fataler Geruch, der die Todten hätte

er-

erwecken können. Ich ſuchs Zimmer auf und ab!
Fluche ſchon auf den Wirth! Endlich kömmt die
Beſcherung heraus! Da hat ſich die Phantaſinn
von einer andern Dame ein Stückchen indianiſchen
Katzenkoth ſchenken laſſen! Ein Geruch, den ich
nicht ausſtehen kann!

Fr. Obriſtinn. Wußte ich denn das? Er iſt
ja geſund, ſtärkt die Nerven!

Baroninn. (lacht) Was wars den eigentlich?

Fr. Obriſtinn. Muskus, Biſam wars, liebe Nichte! und dem giebt er einen ſo abſcheulichen
Namen!

Obriſter. Ich kann das verdammte Geſalbe
und Geſchmiere nicht leiden!

Baroninn. Sie haben Unrecht, lieber Onkel! Denn ſehen ſie, ausgemacht iſt es nun doch
einmal, daß jeder Menſch ſeinen Naturalgeruch
hat.

Obriſter. Naturalgeruch? Was iſt denn das
wieder für ein Modewort? Naturalgeruch? Habe
in meinem Leben nichts davon gehört!

Baroninn. Kann ſeyn, daß ſie dies Wort
nie gehört haben, aber die Sache muß ihnen nicht
unbekannt ſeyn. Einer riecht nach Wein, der andre nach Bier, der dritte nach Tobak, der vierte
nach etwas andern, kurz jeder riecht anders — —

Obrister. Das ist wahr! Erinnere mich selbst unter meinem Regimente einen Fähnrich gehabt zu haben, der ewig und ewig nach Sauerkraut roch!

Baroninn. Nun sehen sie, ists also nicht billig, daß man diese oft widerliche Gerüche durch Wohlgerüche zu vertreiben, und sich so bei jedem angenehm, und niemanden zuwider zumachen sucht.

Obrister. Basta! So wähle man aber solche Gerüche, die niemanden an und vor sich selbst schon zuwider sind. Ich will tausendmal lieber Wein, Bier und Sauerkraut als die verdammte Bisamkatze riechen.

Sechster Auftritt.

Vorige. Ein Bedienter.

Bedienter. Graf Tillenheid!
Baroninn. Nur herein!

(Bedienter ab)

Siebenter Auftritt.

Vorige. Graf Tillenheid.

Baroninn. (freudig) Guten Morgen! lieber Schwager!

Graf Tillenh. (ihr die Hand küßend dann zur Obristinn eilend) Ihr unterthänigster, gnädige Tante! (zum Obristen) Herr Graf! Ich bin ihr Gehorsamster!

Obrister. Servus! Servus! Wie gehts; Herr Graf! Was machen sie?

Baroninn. O, stille, stille mit den Komplimenten! Um Verzeihung, Herr Onkel! Ich habe mit meinem Schwager etwas Wichtiges zu reden! Sie haben wohl die Gnade die gnädige Tante unterdessen zu unterhalten. (führt den Grafen auf die Seite.)

Obrister. Ganz wohl, Nichte, ganz wohl! Will unterdessen die Visitation vornehmen.

Fr. Obristinn. Mir nicht zu nahe, oder ich schreie Feuer!

Obrister. Ich erwische dich doch! Hat nichts zu sagen! Da wirds Kontraband geben! (setzt sich aufs Kanapee, die Obristinn schleicht zur Toilette und schminkt sich wieder.)

Baroninn. (schon im Gespräche mit dem Grafen begriffen) Das interessirt mich alles nicht. Sagen sie mir nur, waren sie bei dem Grafen Lohenhausen?

Gr.

Gr. Tilleny. Eine ganze Stunde! und komme eben von ihm!

Baroninn. Nun? Und?

Gr. Tilleny. Nun? Was denn?

Baroninn. (unwillig) Wie können sie noch fragen? Was habe ich Ihnen gestern für einen Auftrag gegeben?

Gr. Tilleny. Ja so! — — Ich habe ihren Auftrag pünktlich vollzogen!

Baroninn. Nun! Nur weiter! Weiter!

Gr. Tilleny. Eh ich weiter erzähle, muß ich zuvor eine Frage an sie thun!

Baroninn. So fragen sie nur geschwind!

Gr. Tilleny. Lieben sie, beste Schwägerinn, den Grafen wirklich?

Baroninn. (ihm auf die Stirne klopfend) Was das wieder für eine alberne Frage ist.

Gr. Tilleny. Die sie mir doch unumgänglich beantworten müssen, eh ich weiter erzählen kann! Nun? Lieben sie den Grafen wirklich?

Baroninn. Lieben, Lieben? Man verliebt sich nicht so geschwind! Vielleicht! Vielleicht würde ich — — Lieber Schwager! Erzählen sie doch weiter!

Gr. Tilleny. Ich kannte den Grafen schon, eh er auf Reisen gieng. Er war nicht allein liebenswürdig, sondern auch vernünftig! Itzt ist er doppelt liebenswürdig, doppelt vernünftig zurückgekommen.

Baroninn. Alles gut! Auch ich fand ihn so! Aber ist er vielleicht schon verheurathet?

Er.

Gr. Tilleny. Nein! Noch nicht!

Baroninn. (freudig) Noch nicht? Wohl mir! Liebt er eine andre?

Gr. Tilleny. Auch das nicht!

Baroninn. Auch das nicht? (im freudigen Affekte) So iſt er noch frey? noch ungefeſſelt?

Gr. Tilleny. Noch frei! noch ungefeſſelt!

Baroninn. O herrlich! herrlich! Wenn ſie wüßten: Wie lieb, wie angenehm mir dieſe Nachrichten ſind!

Gr. Tilleny. Werdens bald, fürcht ich, nicht mehr ſeyn!

Baroninn. (furchtſam) Wie ſo?

Gr. Tilleny. Dieſer ſchöne, liebenswürdige, vernünftige Graf beſitzt bei allen dieſen groſſen Eigenſchaften die ſonderbarſte Laune von der Welt.

Baroninn. Die wäre?

Gr. Tilleny. Er will, ſo verſichert er feierlich, nie eine Dame heirathen!

Baroninn. (verdrüßlich) Was das für eine ſonderbare Laune iſt! So wird er allein nie heirathen!

Gr. Tilleny. Wird! Wird! und macht eben Anſtalt dazu.

Baroninn. (ſehr ärgerlich) Mit wem denn alſo?

Gr. Tilleny. Erſtaunen ſie im voraus: Das erſte, beſte Bauernmädchen, welches ihm in Wurf kömmt, und gefällt!

O   Bar

Baroninn. O gehen sie! das ist nicht möglich!

Gr. Tillenh. Auf Ehre, Schwägerinn! Es ist so! Ich bin, sagte er mir, die halbe Welt durchgereißt, habe alle Gesellschaften besucht, alle Damen kennen gelernt, und glauben sie, Freund, ich habe keine gefunden, die ich mein Weib nennen möchte!

Baroninn. Was in aller Welt hat denn aber der Mann gegen uns Damen einzuwenden?

Gr. Tillenh. Alles! alles! Ihr seid ihm schon von Jugend auf zum Weibe verdorben; heurathet nur den, welcher den besten Heuraths= brief auffetzen kann, um bequemer leben, besser koquetiren zu können; ihr denkt nicht an die Er= ziehung eurer Kinder, sondern nur an Spiel, an Putz; ihr ——

Baroninn. Ich bitte sie, hören sie auf! (für sich) Und doch machen mir diese Gesinnun= gen ihn nur verehrungswürdiger! (zum Grafen.) Lenkten sie denn nicht das Gespräche auf die Re= doute?

Gr. Tillenh. Ich thats! Er lobte die hiesi= gen Damen vor vielen andern, er gestand mir auf= richtig, daß eine weibliche Maske als edle Vene= zianerinn ihn beinahe bezaubert ——

Baroninn. (voll Freude) Sagte er dies wirk= lich?

Gr. Tillenh. (ohne sich unterbrechen zu lassen.) Ihn beinahe in seinem Entschluß wankend ge= macht hätte, aber, setzte er hinzu, sie hats end=
lich

lich deutlich verrathen, daß sie eine Dame, oder wenigstens ein Stadtmädchen sey, und kann nie mein Weib werden.

Baroninn. Warum denn aber nicht?

Gr. Tillenh. Weil er sichs einmal in Kopf gesezt hat, ein Bauernmädchen zu nehmen. Dieses, sagt er, ist noch unschuldig, zwar roh, aber noch unverdorben. Ich werde sie nach meinem Geschmacke erziehen, sie wird nur für mich und meine Kinder leben. ——

Baroninn. Der Mann macht sich mit diesen Gesinnungen bei der ganzen Welt lächerlich!

Gr. Tillenh. Das kann seyn; aber er sezt sich dreist über die ganze Welt hinaus.

Baroninn. (geht nachdenkend auf und ab.)

Gr. Tillenh. Schwägerinn, sollt' ich nicht ihre Gedanken errathen!

Baroninn. Schwerlich!

Gr. Tillenh. Und doch! Sie wünschen in diesem Augenblicke ein Bauernmädchen zu seyn?

Baroninn. (lachend) Ein drollichter Einfall, und doch wohl möglich! —— Aber ich glaube, sie haben bloß den ganzen Spaß erdacht, um mich zu quälen.

Gr. Tillenh. Ernstlich, Schwägerinn! Es ist so!

Baroninn. Hat er sich denn schon ein Bauernmädchen erwählt?

Gr. Tillenh. Noch nicht; er bereitet sich eben zu einer neuen Reise, und will seine künftige Frau unter den Bauern suchen, weil er sie un-

ter den Damen nicht gefunden. Er bat mich so=
gar, ihn durch unser Land zu begleiten.

Baroninn. (plözlich aufschreiend) O thun sie
es! Bester, liebster Schwager, thun sie es! Sie
verbinden mich dadurch unendlich! Ich werde zeit=
lebens dankbar seyn.

Gr. Tillenh. Ich soll ihn begleiten? Und
was gewinnen sie dabey?

Baroninn. O viel, lieber Graf, viel! Da
ist mir eben ein herrlicher Gedanke eingefallen! Gold=
werth, wenn er ausgeführt werden kann. Vors
erste muß ich aber ihres Mitgehens gewiß seyn.
Nun? begleiten sie den Grafen?

Gr. Tillenh. Wenn ich sie dadurch verbinde?

Baroninn. Ja, ja! Unendlich!

Gr. Tillenh. Gut! Hier meine Hand! Ich
gehe mit!

Baroninn. Gut! herrlich! Izt aber — —
(sinnt nach)

Gr. Tillenh. Bin ich recht begierig zu erfah=
ren, was da ausgesonnen wird!

Baroninn. Warten sie nur, warten sie! das
Ding ist bei alledem nicht so leicht! Die Ideen sind
noch alle verwirrt! Ich muß sie erst ordnen.

Gr. Tillenh. So thun sie es nur geschwind.
Denn mich plagt die Neugierde entsetzlich!

Baroninn (mit dem Zeigfinger ihren Kopf stüzend)
Sie begleiten also den Grafen?

Gr. Tillenh. So wie sie befohlen, und ich
versprochen habe.

Ba=

Baroninn. Der Graf iſt hier zu Lande we⸗ nig bekannt?

Gr. Tillenh. Wenig oder gar nicht, weil er ſchon im zwanzigſten Jahre ſeines Alters mit ſeinem Onkel nach Engeland reiſte.

Baroninn. Er kennt meinen Onkel, den Obri⸗ ſten nicht?

Gr. Tillenh. Wo ſollte er ſeine Bekanntſchaft gemacht haben!

Baroninn. Mich kennt er auch nicht?

Gr. Tillenh. Dafür kann ich nicht ſtehen!

Baroninn. Sicher nicht! ich muß es ihnen nur geſtehen, ich war die Maske, welche er in ih⸗ rer Gegenwart ſo lobte.

Gr. Tillenh. Und er ſoll ſie nicht kennen?

Baroninn. Nein! denn ich habe mich nie demaskirt! Ihm nie errathen laſſen, wer ich ſey, oder ſein könnte! Folglich — — — (ſchlägt in die Hände) Ich habs! Ich habs! Nun iſt alles richtig!

Gr. Tillenh. Dem Himmel ſeis gedankt! ſo werde ich doch auch etwas erfahren.

Baroninn. Gleich! gleich! vors erſte müſſen wirs aber mit dem Onkel ausmachen! (läuft zum Obriſten) Lieber Onkel!

Obriſter. Nun! ſeid ihr fertig? Habt viel zu reden gehabt! Wäre ſamt meiner Alten bald ein⸗ geſchlafen!

Fr. Obriſtinn. Nun? Gehſt du mit uns, Nichtchen?

Baroninn. Ja, liebe Tante, ich gehe mit!

Obrister. Und bleiben bei uns?

Baroninn. Kanns noch nicht gewiß versprechen! Vorher, lieber Onkel, hab ich der Bedingung oder vielmehr Bitten recht viele!

Obrister. Nur heraus damit! Was in meinen Kräften steht, soll ihnen gewährt werden, und finden sie draussen unsern Naturalgeruch ihrem Geschmacke zuwider, so steht es ihnen frei, ihr Zimmer zu parfumiren, wie sie wollen. Nur den indianischen samt allen seines gleichen verbiete ich mir, wenn ich sie anders besuchen soll! Nun! Die Bedingung?

Baroninn. Sie kennen doch den Grafen Lohenhausen? oder wenigstens seine Familie?

Obrister. Ihn nicht! Aber die Familie —— Ja, die kenn ich! Eine brave, ansehnliche alte Familie! Mein General hieß auch Lohenhausen! Quittirte hernach, nahm eine reiche Frau —— —— Sollte dies vielleicht sein Sohn seyn?

Baroninn. Richtig, lieber Onkel, richtig!

Fr. Obristinn. Ja, ja! Die Lohenhausesche Familie ist ein gutes, altes Haus! Zu meiner Zeit war eine Lohenhausen Stiftsdame, und ihr Bruder probirte eben den deutschen Herrenorden!

Obrister. Rede du itzt nicht drein! Weiter! Nichte, weiter!

Baroninn. Dieser Graf Lohenhausen kam nach einer zwölfjährigen Abwesenheit neulich von

ſeinen Reiſen zurück. Er beſuchte die Feſtins!
Kam auf die Redoute! Ich ſah ihn dort, ſprach
mit ihm, und — und — lieber Schwager, erzäh=
len ſie weiter!

Obriſter. Ha! ha! Ich merks ſchon, freue
dich, Alte, es ſetzt eine Hochzeit! — Nun,
Graf!

Gr. Tillenh. Die Schwägerinn ſah den Gra=
fen! — — —

Obriſter. Das weis ich ſchon!

Gr. Tillenh. Sprach mit ihm! — — —

Obriſter. Das weis ich ebenfalls!

Gr. Tillenh. Und — — —

Obriſter. Richtig, beim **Und** blieben wir
ſtehen!

Gr. Tillenh. Und fand ihn angenehm, end=
lich liebenswürdig! Iſts ſo recht, Schwägerinn?

Baroninn. Ja doch! Machen ſies nur kurz!

Gr. Tillenh. Sie ſprach mit dem Grafen
ſtäts maskirt; ließ ihm nie wiſſen, wer ſie ſey,
und da ſie meine Bekanntſchaft mit ihm erfuhr,
ſo gab ſie mir geſtern den Auftrag, ſeine Geſin=
nungen auszuforſchen, und ſo vom weiten zu
hören: Wie ihm die Dame en Masque gefallen
habe?

Obriſter. Ah ha! Da haben ſie alſo izt Rap=
port abgeſtattet! Wie lautet der?

Gr. Tillenh. Der Graf findet die unbekann=
te Maske ſehr reizend! Sprach mit Entzücken von
ihrem Verſtande! —

D 4   **Obri=**

Obrister. Alte! Alte! Sobald wir nach Hause kommen, so laß Anstalten machen! Was gut und theuer ist, muß aufgetrieben werden. Ich will, ich muß euch die Hochzeit ausstatten! Oh, da solls zugehen! da! da! — — Wartet nur! wartet! da soll ein Festin das andre jagen! und ich bin Brautvater! ich führe euch zum Altar; ich stehe dabei, wie der Pfarrer die zitternden Hände zusammenfügt, sehe eure Freude, euer Entzücken, freue mich mit euch, und, und — (mit gebrochner Stimme) und weine mit euch — —

Baroninn. O lieber Onkel, noch sind wir weit vom Ziele! Laßen sie den Schwager nur fortfahren!

Obrister. Was? Hats einen Haken? Ah, da müssen wir helfen! die Hochzeit laß ich mir nicht nehmen! nichts da! Hochzeit muß seyn! Fahren sie fort, Graf!

Gr. Tillenh. Er sprach noch mehr von der unbekannten Dame; versicherte mich aber am Ende auf die feierlichste Art, daß er nie eine Dame heyrathen würde.

Fr. Obristinn. Keine Dame? der unglückselige Mann! Keine Dame? So will er also nie heyrathen?

Gr. Tillenh. Will, liebe Tante, will nächster Tage das erste, beste, unbekannte Bauernmädchen heyrathen!

Fr. Obristinn. Was! der Graf Lohenhausen ein Bauernmädchen? Gott im Himmel! ich
bin

bin so erschrocken, daß ich über und über zittre! Nein! nein! Das muß man nicht zulassen, daß sich ein Graf so abscheulich messalirt! Man muß der Familie Nachricht davon geben! Die arme Familie! Ich stelle mir ihren Schrecken im Geiste vor! Ich wäre des Todes, wenn ich in der meinigen so etwas erlebte.

Obrister. Hast du ausgeredt? Weiter, lieber Graf, weiter! Sonderbar allerdings! Aber man muß doch des Mannes Gründe hören!

Gr. Tillenh. Keine andre: als weil ihm die heutigen Damen nicht gefallen; weil sie ganz Putz, ganz Mode sind, und dabei keine Zeit behalten, ihren Mann zu lieben und ihre Kinder zu erziehen.

Obrister. Da haben wirs! Nun, was sag ich denn immer! Da haben wirs! Salbt! schnürt! pudert! parfumirt euch nur so fort! Macht euch falsche Haare! Spielt, putzt, tändelt, tanzt den ganzen Tag! Ihr werdet schon sehen, was daraus entstehn wird! Natur bleibt Natur! Man wird euch vorüber gehen, sie unter den Bauern aufsuchen, und ihr werdet gezwungen seyn, eure Töchter entweder an eben solche Schwindel= und Modepuppen zu verheurathen, oder ihr müßt Klöster stiften, damit sie in ihren alten Tagen eure Thorheit besingen können.

Fr. Obristinn. Lieber Obrister, du übertreibst!

Obrister. Ja, da übertreibt sich etwas! Bestätigt es nicht die Erfahrung?

Fr. Obriſtinn. Noch iſt ja das Unglück nicht geſchehen! Gott wird ihn ſchon erleuchten!

Gr. Tillenb. Schwerlich! der Graf handelt nach Grundſätzen!

Baroninn. Laſſen ſie's nur gehen, liebe Tante, ich hoffe das Unglück zu verhüten, und den Grafen zu erleuchten.

Fr. Obriſtinn. Das gebe Gott! denn mich dauert der arme Mann wirklich! Solche Meſſalianzen bringen nie Glück und Segen! Man hat ſchon Beiſpiele davon! Vor vielen Jahren heurathete der Graf Porſten eine Wirthinn, und nach zwei Jahren ſprang ihm der Bauch auf. Der Baron Helmhart lebte mit ſeiner Kaufmannstochter auch nicht lange! Er ſtarb an der Abzehrung! Lieber Graf, machen Sie es ihm nur begreiflich, Es nimmt kein ſolcher Frevler ein glückliches Ende!

Baroninn. Ich habe einen herrlichen Plan zu ſeiner Bekehrung! Aber ich bedarf zur Ausführung aller ihrer Hilfe! die ich mir auch gewiß verſpreche! Der Graf Lohenhauſen hat den Schwager erſucht: daß er ihn auf ſeinen Reiſen, auf welchen er ſich ein Bauernmädchen zur Frau ausſuchen will, begleiten ſoll!

Fr. Obriſtinn. Um Gotteswillen, thun ſie es nicht! Miſchen ſie ſich nicht drein! Sie verfeinden ſich mit der ganzen Familie, und können doch nicht wiſſen, wo ſie ſolche einmal brauchen.

Baroninn. Hören Sie nur, liebe Tante; ich hoffe, ſie werden alles billigen. Der Schwa-

ger

ger begleitet den Grafen; er führt ihn, wie von
ungefähr auf des Onkels Landgut, wo wir unter=
deſſen auch angekommen ſind. Ich und ſie, liebe
Tante und Onkel, verkleiden uns dann ſogleich als
Bauern. Sie ſind meine Eltern, ich bin ihre
Tochter. Meine Kammerjungfer kann die Magd
vorſtellen. Wir beziehen in der Geſchwindigkeit
irgend ein herrſchaftliches Gebäude, das einem
Bauernhof gleicht, und erwarten da den Grafen
mit dem Schwager.

Obriſter. Bei meiner Seele nicht übel aus=
gedacht! den Spaß mach ich mit! Hahaha! Da
ſoll doch noch eine Hochzeit heraus kommen! Der
wird Augen machen! Weißt du was, Nichte, ich
ſtelle ſo einen alten Korporal, einen Invaliden vor;
denn ich fürchte, daß ich mein militäriſches Weſen
nicht ſo ganz verläugnen könnte, und du Trutchen,
biſt dann Frau Korporalinn; haſt alsdann auch
einen Karakter, in welchem du dein adeliches Air
nicht ſo ganz abzulegen brauchſt.

Fr. Obriſtinn. Alles recht und gut! dir zu
Liebe, und den Grafen von einem ſo entſetzlichen
Unglücke zu retten, alles in der Welt! Aber ich
bitte euch nur zu überlegen: Ob der ganze Anzug
für eine Dame nicht zu beſpektirlich iſt!

Obriſter. Ah was beſpektirlich! Sind eure
Maskeraden, eure Redouten nicht auch beſpektir=
lich! Sind nicht erſt geſtern Bauern und Bäue=
rinnen genug vor uns vorüber gezogen, und
zeigteſt du mir nicht die Gräfinn Lillenſtein gar
als

als Bettlerinn maskirt! Was ist despektirlicher, eine Bettlerinn oder eine Bäuerinn?

Fr. Obristinn. (auf und abgehend) Sieh nur, mein lieber Alter, wenn ich nur —

Obrister. (zurück tretend) Du! drei Schritte vom Leibe mit deinem Katzengeruch — — Stinkt das Weib immer noch wie eine leibhafte Bisamkatze! Sobald wir nach Hause kommen, fahr ich gerade mit dir in die Schwemme, um den fatalen Stadtgeruch rein abzuwaschen. — — —

Baroninn. Lieber Onkel, vergessen sie nicht über ihr Zanken unsre Reise.

Obrister. Richtig, Nichte! Nun, ich bin gleich fertig. Machen sie sich nur zurechte, dann solls gleich fortgehen!

Fr. Obristinn. Kinder! Kinder! Ich habe noch tausend Bedenklichkeiten! Wie stehts denn —

Obrister. Deine Bedenklichkeiten und Zweifel wollen wir schon heben! Komm nur itzt! Nachmittage wirst du als Frau Korporalinn paradiren! Adieu Nichte!

Baroninn. (beide begleitend) Liebste Tante, sie kommen doch bald?

Fr. Obristinn. Den Augenblick! Mach dich nur reisefertig! (heimlich) und vergiß die Schminke nicht!

(mit dem Obristen ab.)

Baroninn. Sie noch da, lieber Schwager? Geschwind hin zum Grafen! Geben sie ihm ihr Wort, daß sie mitgehen! Schützen sie aber Geschäfte vor und reisen sie erst Nachmittags, damit
wir

wir einige Stunde voraus haben: Machen sie ihre
Sachen ja gut, an ihrer Rolle liegt alles!

Gr. Tillenh. Wenn ich mitgehen soll, so
muß ich auch wirklich noch einige wichtige Geschäfte
vorher enden.   Ich werde also, um mich nicht
aufzuhalten, dem Grafen schreiben, und mir seine
Antwort ausbieten.

Baroninn. Auch recht! Gehen sie nur! —
Apropos Schwager! Am Dorfe wird sie schon je=
mand erwarten, damit sie wissen, wo sie uns suchen
sollen.   Sie sind ja zu Rollendorf bekannt?

Gr. Tillenh. O ja!   Aber wenn nun der
Graf, eh wir nach Rollendorf kommen, ein Mäd=
chen findet, die ihm ansteht: Wie da?

Baroninn. Das wäre ein fataler Streich!
Das müssen sie zu verhindern suchen! Das — —
Ah, es giebt der schönen Mädchen nicht so viele
in unsrer Gegend! Gehen sie nur, sonst reiset er
ohne sie ab, und da wäre der ganze Plan verrückt.

Gr. Tillenh. (küßt ihr die Hand)   Also aufs
Wiedersehen! Sie erwarten noch Nachricht?

Baroninn. Freilich! freilich! Wir müssen ja
wissen, ob sie gewiß kommen?

Gr. Tillenh. Wohl; komme ich nicht selbst,
so sende ich wenigstens des Grafen Antwort.

(ab.)

Ach-

Achter Auftritt.

Baroninn. Lischen.

Baroninn. Lischen! Lischen!

Lischen. (kömmt)

Baroninn. Wir haben uns vorhin gezankt! Nun? sind wir wieder gut? Bleiben wir beisammen?

Lischen. (küßt ihr die Hand) O! vom Herzen gerne! Ich wäre so nur mit Thränen von Ihnen gegangen!

Baroninn. So pack sie geschwind ein! Wir reisen in einer halben Stunde nach des Onkels Landgut!

Lischen. Gleich, Euer Gnaden, gleich! Was nehmen wir denn alles mit?

Baroninn. Da muß ich selbst dabei seyn! Wir brauchen allerhand. Auch sie muß ein Kleid haben. Komm sie nur in die Garderobe! Wir haben keine Zeit zu verlieren.

(mit Lischen eilig ab.)

Zwei-

Zweiter Aufzug.

(Zimmer des Grafen Lohenhausen.)

Erster Auftritt.

Graf Lohenhausen. Franz.

(Graf Lohenhausen geht mit einem Buche in der Hand auf und ab. Franz packt im Hintergrunde Kleider in einen Koffer.)

Franz.

Da weiß ich mir nun wieder nicht zu helfen! Wer sagt mir nun itzt: Ob der Frack simpel, oder nicht simpel ist? Die Knöpfe glänzen gewaltig! Will lieber fragen! (tritt hervor, den Frack vor sich haltend) Euer Gnaden!

Gr. Lohenh. Nun?

Franz. Ist der Frack simpel oder nicht?

Gr. Lohenh. Freilich ist ers!

Franz. Ich kann ihn also einpacken?

Gr.

Gr. Lohenh. Nun ja! Glaubst du denn, weil ich aufs Land gehe, daß ich wie ein Schulmeister aussehen will?

Franz. Recht wohl, Euer Gnaden, recht wohl!

Gr. Lohenh. (fortlesend, nach einer Pause) Ein herrliches Mädchen! Ganz nach meinem Geschmacke! Aber leider nur ein Ideal! (wirft das Buch verdrüßlich auf den Tisch) Was hilft das alles! Ich finde doch keine, die es redlich mit mir meint; die so ganz in mir webt und lebt; mich um meiner selbstwillen liebte; in meinem Glücke, ihr Glück, in meinem Vergnügen, ihr Vergnügen findet; die sich nur putzt, um mir zu gefallen, die nur — O ich finde kein solches Mädchen! Sind alle schon durch die Erziehung verdorben, sind meistens leere Modepuppen, und die wenigen, welche noch Vernunft besitzen, zu gescheid, zu vernünftig für einen Mann! — — Es bleibt dabei! Ich suche mir ein hübsches unschuldiges, unverdorbenes Bauernmädchen, ziehe sie nach meinem Geschmack, und heurathe sie. Mögen dann Onkel und Tanten, Neffen und Nichten ein Zetergeschrei erheben! Was kümmerts mich! Ich bin mein eigner Herr, besitze Vermögen genug und brauche nicht ihren Gout um Rath zu fragen! — — — Nennt mir nur eine einzige bis ans Ende glückliche Ehe! Zeigt mir ein wahrhaft zärtliches, schon zwei Jahr verheurathetes, und noch verliebtes Ehepaar, und ich will dann noch länger harren und warten, bis ich auch so

ei=

einen Phönix finde. Aber ich harre und warte ver=
gebens, bis ich endlich aus lauter Familienbigott=
rie ein alter Hagestolz werde. — — Wie soll
man aber auch da Liebe fordern, wo man keine
Liebe zum Grund legt? Selten wird der Mann,
noch seltner das Mädchen um Rath gefragt, die
Eltern schließen die Heurath, erwägen die Vor-
theile, welcher der Familie dadurch erwachsen, un-
tersuchen den Stammbaum, machen einen guten
Heurathsbrief, und werfen das gute Paar, es
mag sich nun lieben oder nicht, wie Kanarienvögel
in die Hecke zusammen. Mögen sie sich schnäbeln
oder raufen, darnach fragt niemand! Sind aber
dann auch die armen Schlachtopfer zu verdenken,
wenn sie das Gitter zu zerreissen, und ihre Freiheit
zu suchen trachten? Ich würde es am Ende
wohl selbst so machen! — — Nein! ich bleibe meinem Entschlusse getreu! — Franz!

Franz. Was befehlen Euer Gnaden?

Gr. Lohenh. Du bist, glaub ich, auf mei=
ner Herrschaft erzogen und geboren?

Franz. Ja! Euer Gnaden.

Gr. Lohenh. Sag mir einmal — es ist
schon lange, daß ich nicht dort war, — sind in
unsrer Gegend die Bauernmädchens schön?

Franz. Oh sapperment! da giebts hie und da
schöne Gesichter! rund, voll! weiß und roth! wies
Leben! alles so frisch, so natürlich! nicht so gemalt
und bepudert, hinten und vorne bepolstert wie in
der Stadt.

P   Gr.

Gr. Lohenb. (halb vor ſich) Da hat mans! Sogar der alberne Kerl fühlt den Unterſchied, und weiß ihn zu ſchätzen! (zu Franzen) Nun! das freuet mich! Wir reiſen noch heute ab! das freuet mich!

Franz. Darf ich mich wohl unterſtehen, zu fragen: warum das Euer Gnaden freut?

Gr. Lohenb. Das ſollſt du mit der Zeit ſchon erfahren!

Franz. Ich wollte nur! — — Ich weiß zwar nicht, warum Euer Gnaden dieſe Frage ſtellten! aber wenn Euer Gnaden etwann — was ich nun freilich von ihnen nicht gewohnt bin! — Die Bauern werden ſich recht freuen, wenn ſie ihre gnädigſte Herrſchaft einmal wieder ſehen! — — aber die jungen Burſche ſind in dem Punkte fatal grob! — — Jeder hat ſo ſein Mädchen, das er ſich zu ſeiner künftigen Frau erwählt, und wenn man ihnen da ins Gehege gehen wollte, hol' mich der Geier, es ſetzte holliſche Schläge! die Mütter paſſen auch auf wie die Katzen auf die Mäuſe, und ihr vornehmſter Wunſch iſt: ihre Töchter mit Ehren unter die Haube zu bringen.

Gr. Lohenb. Ein herrlicher, ein ſchöner Wunſch! den ich täglich ſelbſt thun würde, wenn ich Vater wäre! Ich glaube gar, Franz, du denkſt — — Wenn du das von mir nur denken könnteſt, ſo — — —

Franz. Bewahre Gott, Euer Gnaden! Ich wollte nur — — —

                               Gr.

Gr. Lohenh. Schon recht! Komm her, Franz! wenn du heurathen könntest, wolltest, und hättest zwei Mädchen: die eine wäre voll, schön, weiß und roth; dabei ein armes tugendhaftes Bauernmädchen. Die andere wäre geschminkt, gepudert, hätte noch andre Stadtfehler, wäre aber reich und dabey eine Erzkoquette! welche von beiden Mädchen würdest du wählen!

Franz. Soll ich aufrichtig reden, so wie mirs ums Herz ist?

Gr Lohenh. Aufrichtig, frei! denn ich will deine wahre Meinung hören!

Franz. Gnädiger Herr, ich würde, ohne mich zu bedenken, die Reiche wählen.

Gr. Lohenh Warum den aber?

Franz. Weil ich denken würde: von bloßer Schönheit kann ich mit meiner Frau nicht leben, nicht essen, nicht trinken, nicht Kleider kaufen, und für die liebe Tugend borgt uns auch niemand etwas

Gr. Lohenh. Nun wart! Ich will dirs näher legen! Setze dich in den Fall: daß du selbst hinlängliches Vermögen, selbst hinreichendes Einkommen hättest, um eine Frau gut und anständig zu ernähren. Welche würdest du dann wählen?

Franz Immer noch die Reiche

Gr. Lohenh. Schafskopf! warum denn?

Franz. Weil ich denken würde: mehr Geld ist immer besser als viel Geld.!

Gr.

Gr. Lohenh. Sähst also bloß aufs Geld! und wenn du nun mit dem Gelde eine Frau heurathest, mit der du die Hölle auf Erden hättest, wenn sie dich quälte, marterte, dir untreu würde?

Franz. Ach, Euer Gnaden, wenn man Geld hat, so kann man nicht gequält, nicht gemartert werden, und wegen der Untreue wärs nun freilich etwas unangenehm, aber ich hätt's in diesem Punkt mit manchen gnädigen Herrn gemein, und richtete mich also auch nach ihrer Sitte. Ich ließ meine Frau zanken, schreien und karessiren, mit wem sie wollte, und gieng zu meinem schönen, armen Bauernmädchen.

Gr. Lohenh. Hab ich dir denn nicht schon gesagt, daß das arme Bauernmädchen tugendhaft ist.

Franz. Aber wissen den euer Gnaden nicht, daß ich Geld genug habe, und für Geld ist bei itziger Zeit alles feil!

Gr. Lohenh. Geh! bist du auch schon verdorben! auch schon von der abscheulichen Geld = und Stadtsucht infizirt! pack nur ein! Unsre Seelen harmoniren nicht! bei mir bleibts fest entschlossen, ich reise! ich suche! — — (plötzlich mit der Stimme sinkend) Und wenn ich nun auch betrogen würde? So! so — — so hab ich mir wenigstens nichts vorzuwerfen!

Zwei=

Zweiter Auftritt.

Vorige. Ein Bedienter.

Bedienter. Baron Schönberg möchte gern die Ehre haben, mit Euer Gnaden nur einige Augenblicke etwas Wichtiges zu sprechen.

Gr. Lohenh. Schönberg? Schönberg? ich kenne ihn nicht! doch was schadts! Ist er mir nicht wichtig, so bin ichs ihm vielleicht! — — (zum Bedienten) Es wird mir eine Ehre seyn!

(Bedienter öffnet die Thüre.)

Dritter Auftritt.

Graf Lohenhausen. Baron Schönberg. Franz.

Baron Schönb. (im Hereintretten) Da wäre ich! Kourage stehe mir bei (zum Grafen) Ich bitte um Verzeihung, wenn ich als ein Unbekannter ihnen vielleicht beschwerlich falle! Aber meine Umstände, meine Lage! könnt ich nicht allein mit ihnen sprechen?

Gr. Lohenh. Franz! (winkt ihm mit dem Kopfe, sich zu entfernen) Setzen sie sich, Herr Baron!

Baron Schönb. (für sich) Sehr höflich! Sehr gefällig!

Gr. Lohenh. Kann ich ihnen in irgend einem Falle dienen, so wird mirs eine wahre Freud seyn!

Baron

Baron Schönb. (für sich,) Den hab ich! den habe ich! (laut) Seit einer geraumen Zeit liebe ich die verwittibte Baroninn von Waldheim, liebe sie ausserordentlich, liebe sie au delà toute expression! diesen Morgen hab ich ihr meine Liebe entdeckt, und eine hoffnungslose Antwort erhalten!

Gr. Lohenb. Ich bedaure sie vom Herzen, aber wenn ich hier etwan der Vorsprecher, oder Vermittler seyn soll, so bitte ich im voraus um Verzeihung, denn ich kenne die Dame, von der sie sprechen, gar nicht!

Baron Schönb. (für sich) Aha! Er fürchtet sich! Er läugnet ihre Bekanntschaft (zu ihm) Lassen sie sich gerne auf Unwahrheiten ertappen?

Gr. Lohenb. Auf Unwahrheiten? Wissen sie, mit wem sie sprechen?

Baron Schönb. Mit meinem ärgsten grausamsten Feinde, mit dem Graf Lohenhausen, Wären sie nicht gekommen, hätte das verdammte! Geschick sie mir nicht in den Weg gestellt, ich verwette mein Leben, ich würde nicht so inopinément abgewiesen worden seyn!

Gr. Lohenb (lächelnd) Bekommen sie öfters dergleichen Anfälle? — Armer Mann, ich bedaure dich herzlich! deine Dame hat viel zu verantworten, du hast die edelste Gabe des Menschen, du hast deinen Verstand verlohren!

Baron Schönb. (für sich) Wie er sich windet, aber ich will ihn schon erwischen! (zu ihm) O! noch hab ich meinen Verstand, und will ihn
we=

wenigſtens nicht eher verlieren, als bis ich mich
in meinem Nebenbuhler ge — gerächt habe.
Kann ich nicht glücklich ſeyn, ſo ſoll ſies auch nicht
werden! — — Kurz und gut, Herr Graf, ſie
müſſen entweder der Baroninn Waldheim auf ewig
entſagen, oder ſich mit mir auf Leben und Tod
ſchlagen.

Gr. Lohenh. Wie? Herr Baron, ſie woll=
ten —

Baron Schönb. Ja! ja! auf Leben oder
Tod ſchlagen! Dabei bleibts!

Gr. Lohenh. Sie verkennen mich ganz, und
erſticken mein Mitleiden, daß ich gegen Leute ihrer
Gattung immer gehabt habe! Ich wiederhole es
ihnen noch einmal, ich bin hier ganz fremde, ich
kenne ihre Baroninn nicht; habe keine Anſprüche
auf ſie, und mag auch in die Zukunft keine auf ſie
haben. Scheint ihnen dieſe Erklärung nicht hin=
länglich, wollen ſie ferner fortfahren in dieſem Tone zu ſprechen, ſo muß ich ſie bitten mein Zimmer
zu verlaſſen.

Baron Schönb. Ganz wohl! (triumphirehd)
Wir können, wenns ihnen nicht anders gefällig,
in der Güte auseinander kommen. Sie haben,
ſagen ſie, keine Anſprüche auf die Baroninn; mö=
gen keine haben? Gut! Geben ſie mir dieſe Er=
klärung ſchriftlich! Setzen ſie ſich! Ich will ihnen
diktiren! Nur geſchwind! geſchwind!

Gr. Lohenh. (ſetzt ſich auf einen Stuhl ne=
ben einem Tiſche, unterſtützt mit der Hand ſein Ge=
ſicht, und ſieht den Baron ſtarr an.)

P 4   Baron

Baron Schönb. Schreiben sie! (setzt sich neben ihm, im diktirenden Tone) „Ich Endes unterschriebener bekenne vor Jedermann!" (zieht seinen Degen, schlägt damit auf den Tisch) Schreiben sie, sag ich!

Gr Lohenb. (steht ganz langsam auf) Erlauben sie! (geht in ein Seitenzimmer ab)

Baron Schönb. (lachend) Dem hab ich recht Angst gemacht! Ich glaube, er will sich gar verstecken!

Gr. Lohenb. (kömmt wieder zurück, wirft ein P ar Pistolen auf den Tisch, zieht seinen Degen, schlägt damit ebenfalls auf den Tisch) Und was soll ich schreiben?

Baron Schönb. (zusammenfahrend) Was! was! was sie selbst wollen! Wenns nur in der Hauptsache übereinstimmt! Nur, daß sie — wie sie schon selbst sagten — mir die Baroninn abtreten, und dann bin ich zufrieden!

Gr. Lohenb. Weiter nichts als dieß? Für wen halten sie mich, mein Herr? Für einen Klavigo? da irren sie sich sehr! — — Sie, mein Herr, hatten die unverzeihliche Kecheit mir zuzumuthen, daß ich einen so schimpflichen Revers ausstellen sollte! Wir wollen die Rollen einmal umwechseln, Setzen sie sich itzt, und schreiben sie, was ich ihnen diktire (nimmt den Degen und Pistolen in die Hand oder beliebt mein Herr?

Baron Schönb. O sie kennen mich nicht, mein Herr, mir ist, foy d'honétte homme, mein Leben um eine Stecknadel feil!

Gr.

Gr. Lohenb. Auch wird der Stich meines Degens ihnen nicht weher dünken, als der Stich einer Stecknadel! betrachten ſie nur einmal, wie herrlich, wie ſchön geſchliffen! Koſtet baare dreißig Guineen, und dieß nicht des Griffes, ſondern bloß der Klinge wegen!

Baron Schönb. Sie wollen ſich wirklich ſchlagen?

Gr. Lohenb. Auf Tod und Leben! wenn ſie anders nicht ſchreiben, was ich ihnen diktire! Ich habe, Gott ſey Dank, fechten gelernt! durch zehn Jahre beſuchte ich die Fechtſchule täglich, und ward endlich meines Meiſters Meiſter!

Baron Schönb. Zehn Jahre! Und ich — ich habe nur ein Jahr fechten gelernt!

Gr. Lohenb. Das bedaure ich, denn ich fechte ſo gerne mit Meiſtern! ein Jahr? da ſind ſie im erſten Gange beſarmirt! Probiren wirs einmal! Nur aus Spaß! Ziehen ſie! — — Nun, ſie werden doch nicht anſtehen? — —

Baron Schönb. Ich? ich? O bewahre! (zieht)

Gr. Lohenb. Fallen ſie aus! Gut! ſehen ſie, da parire ich ſo! Nehme die Terz, und ihr Degen iſt verloren! (deſarmirt ihn) dann ſtoß ich Sie entweder ſogleich nieder, oder ich ſetze ihnen den Degen ſo auf die Bruſt, und frage: ob ſie ſchreiben wollen?

(läßt ihn los)

P 5   Baron

Baron Schönb. (für sich) Da bin ich an den Unrechten gekommen! das muß ein ganzer Fecht=meister seyn!

Gr. Lohenb. Oder duelliren sie lieber auf Pistollen? da! nehmen sie!

(giebt im eine Pistole)

Baron Schönb. Das sind sehr schöne Pi=stolen!

Gr. Lohenb. Ja! ganz passable! Ich hal=te etwas auf gutes Gewehr, und schüssen, Herr, schüssen kann ich damit! —— Auf sechzig Schrit=te ist jeder Vogel im Fluge mein! Soll ich sie da=von überzeigen?

Baron Schönb. Nein, nein! Ich glaube alles! (für sich) da bin ich schön angekommen! Ich muß mit Ehren mich herauszuziehen suchen! (zum Grafen) Wissen sie was, Herr Graf, ich sehe, daß sie Herz haben, dieß freuet mich! Ich entlasse sie also des Reverses, bin mit ihrer Aus=sage zufrieden, und empfehle mich ihnen! Mon=sieur le Comte! je suis le votre! (will gehen)

Gr. Lohenb. O bleiben sie! bleiben sie! Sie entkommen mir nicht! (schlößt die Thüre ab.) Nun sind wir für jeden Überfall sicher! Itzt, Herr Baron, sie schlagen sich entweder mit mir, No=tabene, auf Leben oder Tod! oder sie schreiben!

Baron Schönb. (für sich) Le renard est pris (zum Grafen) was soll ich den aber schreiben?

Gr Lohenb. Was ich ihnen diktiren werde!

Baron Schönb. (für sich) Ich habe keine Wahl! entweder muß ich mich todtstechen lassen,

oder

oder ich muß ſchreiben! Was iſt zu machen?
Une fois n'eſt pas coutume! (ſezt ſich zum Schreib=
tiſche.) diktiren ſie Herr Graf, ich will verſuchen:
ob ich ſchreiben kann!

Gr. Lohenh. (biktirt) Ich Endesunterſchrie=
bener verbinde mich aufs beſte und heiligſte! — —

Baron Schönb. Das wird ſehr bündig!

Gr. Lohenh. Das iſt ſchon meine Art ſo!
(diktirt weiter) daß ich von heute an, niemanden
wer es auch ſey — mehr herausfordern, oder zum
Duell bereden will — und zwar deswegen —
weil Duelle vermöge göttlicher und weltlicher Geſeze
mit gröſtem Rechte verboten ſind. — auch ver=
binde ich mich ferner — daß ich der Baroninn —
— wie heißt ſie?

Baron Schönb. Nein! von der Baroninn
ſchreib ich nichts! da mag geſchehen, was da will!
der kann ich nicht entſagen! Herr Graf alles in der
Welt, nur dies nicht!

Gr. Lohenh. Schreiben Sie, oder ſie müſ=
ſen ſich ſchlagen!

Baron Schönb. Sie ſagen ja ſelbſt, daß
die Duelle mit gröſtem Rechte vermög göttlichen
und weltlichen Geſezen verboten ſind!

Gr. Lohenh. Das haben ſie geſchrieben,
aber ich nicht! kurz! wie heißt die Baroninn?

Baron Schönb Waldheim!

Gr. Lohenh. (diktirt) Daß ich der Baro=
ninn Waldheim — — mit meinen Liebesanträ=
gen ferner nicht im geringſten beſchwerlich
fal=

fallen, — daß ich ruhig und geduldig harren will!
— ob sie mich oder einen andern wählt!

Baron Schönb. Ists nun alle?

Graf Lohenb Ja, nur noch ihren Namen!

Baron Schönb. (schreibt, steht auf) Ich
empfehle mich ihnen!

Graf Lohenb. Warten sie nur noch ein wenig! Sehen sie! diese Schrift könnte ich nun jedem
zeigen! könnte solche sogar der Baroninn lesen lassen; aber diese Beschämung sey ihnen geschenkt, ich
wollte sie nur überzeugen, daß man mit einem Manne von meinen Grundsätzen nicht in einem solchen
Tone sprechen muß! Wer viel lärmt und droht,
der ist leicht ins Boksshorn gejagt! (zerreißt die Schrift)
da haben sie ihre Schrift zurück, heben sie jedes Stück
davon wohl auf, und wenn ihnen die Lust zu duelliren einmal wieder anwandelt, so verschlucken sie
eins davon; es wird ihnen statt eines niederschlagen-
den Pulvers dienen, und die aufbrausende Hitze
dämpfen!

Baron Schönb. (beschämt) Ich danke ihnen,
Monsieur le Comte! Bitte sie um Verzeihung, und
wenns möglich, um ihre Freundschaft!

Gr. Lohenb. Verzeihung sey ihnen gewährt!
Mit Freundschaft kann ich ihnen noch nicht dienen;
doch sollen Sie, als wär' ich ihr Freund noch eine
gute Lehre von mir annehmen!

Baron Schönb. Sans doute!

Gr,

Gr. Lohenh. Sie ſind, wie es ſcheint, gewohnt, jeden, der ſich nicht nach ihrem Sinne richtet, auf ein Duell herauszufordern! Sie thun dieß, ohne Herz und Kourage zu beſizen, weil es ihnen bei einigen noch Furchtſamern geglückt. —— — Halten ſie denn, junger Mann, ein Duell für eine ſolche Kleinigkeit, und glauben ſie denn berechtigt zu ſein, mit dem Degen in der Hand, jeden ehrlichen Mann inſultiren zu können? Wäre dieß billig, wäre dies erlaubt, ſo wäre das Mein und Dein ein politiſcher Traum, und der Fechtmeiſter unſer Geſetzgeber. Auch ſelbſt, wenn ein Betrunkner oder ein Zorniger ſie ſchimpft, ſo werden Ströme von Blut, die ſie ihrem Gegner abzapfen, doch den Schimpf nicht wegwaſchen, wenn ſie ihn wirklich verdienten, und verdienten ſie ihn nicht, ſo hat er ſie ja nicht befleckt, und ſie haben keines Abwaſchens nöthig! Ein paar Duellanten kommen mir juſt ſo, wie jene Bauernjungen vor, wovon der eine des andern Rock beſchmuzte; weil der erſte den Fleck nicht gutwillig auswaſchen wollte, zog ihn der Beleidigte mit Gewalt zum Teiche, wo unter Kämpfen und Ringen beide ertranken. Ich wenigſtens duellire mich nicht, und vertheidige mich gegen den, der mich mit Gewalt fordert, wie gegen einen Straſſenräuber, der mich anfällt. Wollen ſie in die Zukunft dieſen Grundſäzen folgen, ſo werden ſie wenigſtens niemals beſchämt werden. —— — Nehmen ſie mir dieſe Freiheit nicht übel, und ſagen ſie mir izt eben ſo
auf=

aufrichtig, woher es kömmt, daß sie mich für ihren Nebenbuhler halten?

Baron Schönb. O sie sinds doch! vielleicht unwissend, aber doch! haben sie nicht durch drei Bälle oft Stunden lang mit einer maskirten edlen Venetianerinn gesprochen?

Gr Lohenb. Ah! ist dies ihre Baronin? Wahrlich eine vernünftige, kluge Frau! Ist sie auch schön? denn sie wollte mir nie ihr Gesicht zeigen, nie wissen lassen, wer sie sey? Nun, ist sie schön?

Baron Schönb. (für sich) Da muß ich benützen! (laut) schön? Tout ce qui reluit, n'est pas or! Schön ist die Baroninn gar nicht. Hat kleine, nichts sprechende, graue Augen, einen grossen offenen Mund, eine kleine Stumpfnase, ist von Blattern ausserordentlich gezeichnet, und

— — —

Gr. Lohenb. Ah, das Monstrum muß ich sehen! kommen sie Herr Baron, begleiten sie mich zu ihr! Ich liebe alles ausserordentliche! kommen sie!

Baron Schönb. Das kann — — Sie — — wenn sie nur — die Baroninn ist nicht zu Hause, sie ist eben ausgefahren! kömmt erst Abends nach Hause!

Gr. Lohenb. Das wäre (lacht) gestehen sies nur! Sie wollten mich durch eine falsche Schilderung abschrecken? Nun? Ists wahr?

Ba-

Baron Schönb. Freilich! ich wills lieber aufrichtig gestehen; die Baroninn ist schön, sehr schön! Und ich bin verlohren, wenn sie mir solche rauben!

Gr. Lohenb. Armer Mann! sie haben mein ganzes Mitleid! Ich bin und werde ihnen nie hinterlich seyn!

Baron Schönb. O wärs möglich! dann könnt ich wieder hoffen, dann wäre sie wenigstens nicht ganz für mich verlohren!

Gr. Lohenb. Durch mich nicht! Ich gestehe ihnen izt offenherzig, daß mir ihre Baroninn anfangs sehr behagte, benahe meinen schon längst entworfenen Plan vernichtet hätte! aber ein einziger koquetirender Zug brachte mich wieder zu mir selbst!

Baron Schönb. Ein koquetirender Zug? Sollte die Baroninn vielleicht noch einen andern — — —

Gr Lohenb. Dieser Zug war für jeden, nur nicht für mich unbedeutend! Ich war eben im ernstlichen Gespräche mit ihr begriffen, als ein Offizier vorüber gieng, und ihren schönen Fuß lobte! Seit dieser Zeit wurde der eben ausgestrekte Fuß nicht mehr zurückgezogen, damit jeder ihn sehen und bewundern möge! daraus folgerte ich denn mit Gewißheit, daß die schöne Unbekannte entweder schon Kokette sey, oder wenigstens Anlage dazu habe; und eine Kokette mag ich nicht lieben, vielweniger zur Frau nehmen.

Ba,

Baron Schönb. O, ich nehme sie mit allen ihren Fehlern, und bin äusserst glücklich da ich nun finde, daß sie mein Nebenbuhler nicht seyn wollen. Lassen sie sich dafür umarmen, küssen, und tausendmal danken! oh! est il possible?, Ich hätte also nichts von ihnen zu fürchten?

Gr. Lohenh. Ewiger Zweifler! hier meine Hand, und mein freiwilliges Ehrenwort: Ich liebe ihre Baroninn nicht! und, so wahr ich ein ehrlicher Mann bin, ich mag, ich werde sie nie heurathen! beruhigt sie das?

Baron Schönb. Ganz! Vollkommen! Ich werde ihnen dies ewig nicht vergessen, und sollte ich einst die Baroninn erhalten, sie als meinen Wohlthäter, als meinen Erretter preisen. Izt erlauben sie nur — — —

(Es wird an der Thüre geklopft)

Gr. Lohenh. Ah, noch von vorhin verschlossen! (eröffnet die Thüre) was giebts?

Zwölfter Auftritt.

Vorige. Franz.

Franz. Ein Bedienter brachte dieß Billet, und wartet auf Antwort.

Gr. Lohenh. (Liest für sich, endlich Folgendes laut) Und wollen sie mich wirklich noch zu ihrem Gesellschafter haben, so warten sie nur bis Nachmittags drei Uhr, wo ich sodann meine Geschäfte geendigt habe, und sie mit größtem Vergnügen

gen begleite" (zu Franzen) Meine beſte Gegenem=
pfehlung! Ich würde den Herrn Grafen alſo um
drei Uhr erwarten, und freute mich auſſerordentlich
auf ſeine Geſellſchaft. (Franz will ab) He! du
kannſt hernach vollens einpaken!

Franz. (geht ab, kömmt ſogleich wieder, und pakt
ein.)

Gr. Lohenh. Sie ſehen, ich laſſe eben ein=
packen, und gehe noch dieſen Nachmittag aufs Land,
um mir dort eine Frau zu ſuchen.

Baron Schönb. Möchten ſie doch die ſchön=
ſte, die beſte finden! Sie verdienen ſie! Ich werde
mich itzt mit meiner Baroninn wieder auszuſöhnen
ſuchen. Darf ich ihr wohl ſagen, daß ſie nie an
eine Verbindung mit ihr gedacht haben?

Gr. Lohenh. Das nicht; denn es würde
von meiner Seite, unverzeihliche Eitelkeit verrathen;
aber meine Abreiſe, mein Geſchäft auf dem Lande
können ſie ihr immer erzählen! Ich ſehe, ſie wünſch=
ten ſchon dort zu ſeyn, und empfehle mich ihnen
ergebenſt. Ich hoffe ſie einſt wieder, und wenn ſie
dieß glücklich machen kann, Arm in Arm mit der
Baroninn wieder zu ſehen. Aber Herr Baron den=
ken ſie an die zerriſſene Schrift, und vorzüglich an
den ſchönen Fuß! Ich fürchte, ich fürchte, der
wird ihnen noch Verdruß genug machen!

Baron Schönb. Je ſuis votre tres humble Serviteur! (ab)

(Graf Lohenhauſen begleitet ihn.)

Q   Drey=

Dreyzehnter Auftritt.

Franz. (Schließt den eingepakten Koffer zu, und sezt sich darauf.) Ah, fertig wär ich! (steht auf) Also wieder fort, um eine Frau zu suchen! die werden wir bald finden! Sie soll nicht reich seyn! Arme giebts genug! Sie soll schön seyn? Da wirds schon etwas schwerer halten, denn die schönen Gesichter wollen nicht mehr, so wie sonst gerathen! Es giebt immer Mißjahre! — Sie soll fromm und tugendhaft seyn? Ei, ei! da happerts! denn Frömmigkeit und Tugend sind itzt aus der Mode gekommen! man fabrizirt sie nicht mehr, weil sie niemand kauft! — — Sie soll einen schönen Fuß haben, und doch den schönen Fuß nicht produziren wollen? (sinnt nach, den Kopf schüttelnd) O da finden wir gar keine! (ab.)

Ende des zweiten Aufzugs.

————————

Drit-

Dritter Aufzug.

Ländliche Gegend. Rechts einige Tannenbäume, unter diesen eine Rosenbank. Links ein Bauernhaus. Im Hintergrunde ein Theil des herrschaftlichen Schlosses.

Erster Auftritt.

Baroninn Waldheim, Lischen. (beide als Bauernmädchen verkleidet.)

Baroninn. (steht bey einer Tanne und ist eben beschäftigt in dieselbe ihren Namen einzuschneiden.)

Lischen. (kömmt von der andern Seite von einer kleinen Anhöhe herunter.)

Baroninn. (ohne sich stören zu lassen) Stehst du noch nichts?

Lischen. Auf der weit und breiten Straße keinen einzigen Wagen, nicht einmal einen einzigen Fußgänger.

Baroninn. Wo sie nur bleiben? Es ist doch schon halb fünf Uhr, und um vier Uhr versprach der Schwager hier zu seyn.

Lischen. Wenn sie etwa gar nicht kämen?

Baroninn. O sie kommen sicher!

Lis-

Lischen. (der Baroninn Arbeit betrachtend) Um Vergebung, Euer Gnaden, was bedeutet denn das?

Baroninn. Tändeley! Zeitvertreib!

Lischen. Nichts mehr? (die eingeschnittenen Buchstaben betrachtend) H. K.

Baroninn. (lachend) K? Kennt sie denn die Buchstaben nicht mehr? Ist der zweite nicht ein L?

Lischen. Richtig ein L! haha! Izt merk ich etwas! Heinrich oder Hubert Lohenhausen! ists nicht so?

Baroninn. Kanns errathen haben!

Lischen. Und was kömmt denn daher? Ein F steht schon da!

Baroninn. Ein F? Ists nicht ein I?

Lischen. Ich kann mit den lateinischen Buchstaben nicht zu rechte kommen! Das wird also Euer Gnaden Name? Julie Waldheim? Nicht wahr?

Baroninn. Wie sie so weise ist! (fährt in ihrer Arbeit fort.)

Lischen. Und ich soll da stehen, und zusehen? (nimmt ein Messer heraus) Ich will meinen Namen auch verewigen!

Baroninn. Der Onkel und die Tante sind noch nicht fertig?

Lischen. O bewahre! Werdens vielleicht in einer halben Stunde nicht seyn! die gnädige Tante kann mit ihrem Auge nicht zurechte kommen! Bald steht ihr dies, bald jenes nicht zu Gesichte! Und

der

der Herr Oberste will durchaus eine Bleßur am Fuße haben, und kann das Hinken nicht treffen!

Baroninn. Wenn sie nicht kommen, so muß sie solche holen! (Ist fertig, bläst sich in die Finger) Ich habe mit der Kinderey Blasen am Finger erhalten! (betrachtet den Baum) Lischen, ich bin fertig!

Lischen. Ich auch!

Baroninn. (geht zu ihr) Du auch? E! S! also Elisabetha Schönin!

Lischen. Richtig! Euer Gnaden!

Baroninn. Nun? der Name ihres Geliebten?

Lischen. Meines Geliebten? Wo sez ich den hin? Oben, oder unten?

Baroninn. Unten! dem Frauenzimmer gebührt immer der Vorrang!

Lischen. Also unten? — — Aber, Euer Gnaden, ich habe keinen Geliebten?

Baroninn. Keinen Geliebten? Ein Mädchen in ihrem Alter, keinen Geliebten?

Lischen. Vorm Jahre hatte ich freilich einen, aber er wurde mir untreu, und seit der Zeit kann ich mich nicht entschliessen, einen andern zu wählen, weil ich ganz gewiß überzeugt zu seyn glaube, daß er mir über kurz und lang, als Geliebter oder als Mann wieder untreu werden würde.

Baroninn (seufzend) Du kannst recht haben! — — Komm sie her Lischen! (betrachtet sie) Der Bäurische Anzug läßt ihr nicht übel!

Lis

Lischen. Finden es Euer Gnaden auch so? Wenn ich dann und wann in der Stadt auf die Redoute schleuderte, so traf sich's immer, daß ich eine Bauernmaske anzog, und da sagten viele Leute: Das ist ein recht schönes Bauernmädchen!

Baroninn. Sie hatten nicht Unrecht! Wenn etwann der Graf sie erst in die Augen faßt, und mich nicht bemerkt, so sey sie vernünftig! — —

Lischen. O sorgen sich Euer Gnaden nicht. Ich werde ihm schon ausweichen, und erwischt er mich ja, so wird unser Gespräch nicht lange dauern! (bäurisch) Geh der Herr fort! Scheer sich der Herr zu seines gleichen! Ich habe nur meinen Michel lieb! Ich brauche seine Karessen nicht! Mein Michel kanns besser! — — Ists so recht?

Baroninn. Vollkommen!

Lischen. Aber gnädige Frau, eben fällt mirs ein! Sie haben stundenlang mit dem gnädigen Grafen auf dem Ball gesprochen, wird er sie nicht an der Stimme erkennen?

Baroninn. Ah! wie wäre das möglich! Ich sprach siets im Getümmel des Balls mit ihm meistens leise, immer unter der Maske, und werde ich nicht noch als Bauernmädchen meine Stimme zu verändern suchen?

Zwey=

Zweyter Auftritt.

Vorige. Der Obriſter (als alter Invalid.)
Fr. Obriſtinn (als Bauernweib verkleidet).

Obriſter. (hinkend) Nun, Nichte! Wie gefall
ich ihnen?

Baroninn. O vortreflich! Und ſie, gnädige
Tante! Sie können gar nicht glauben, wie herrlich
ihnen der Anzug ſteht? Um Gotteswillen ſie ſind ja
ſo flink, ſo ſchön, wie ein junges Mädchen!

Fr. Obriſtinn. Meinſt du, Nichte, meinſt
du? Ich glaube ſelbſt, daß mir die Maske ganz
paſſabel läßt!

Obriſter. Apropos! damit wir das wichtigſte
nicht vergeſſen! Sie kommen ſchon!

Baroninn. Sie kommen? O wie mein Herz
klopft! Sie haben mich recht erſchreckt, lieber Onkel! Sie kommen alſo?

Obriſter. Ja Kind! Wie wir hergiengen, ſo
fuhr der Wagen eben die Anhöhe herunter. Izt
Nichte, müſſen ſie Anordnung treffen! Ich weis
nicht, was zu thun iſt! Sie ſind Feldmarſchall,
ſie müſſen ihre Korps betaſchiren!

Baroninn. Ganz wohl! Wenn ich nur könnte, nur — — Daß ſie auch ſo bald kommen!
Sie, lieber Onkel, müſſen vors erſte ins Haus
gehen, müſſen ſich nicht blicken laſſen, bis man
ſie ruft, dann treten ſie heraus, bewillkommen
die Fremden, ſind freundlich, höflich, und wenn

der

der Graf, etwann wegen mir einen Antrag macht — —

Obrister. So schlage ich ein, und mache die Heurath auf der Stelle richtig!

Baroninn. Ja, beileibe nicht! daß ließe ja nicht natürlich! Sie müssen den Grafen davon abwendig zu machen suchen; müssen ihm vorstellen, daß sich ein Bauernmädchen für einen Grafen nicht schickt!

Obrister. Schon recht! will ihm schon zureden, der soll mich anstaunen, dem will ich die Leviten lesen! — — was habe ich aber dann zu thun?

Baroninn. Je nun! besteht der Graf darauf, so willigen sie endlich ein!

Fr. Obristinn. Und ich, Nichtchen, was sag ich denn?

Baroninn. Als Mutter ungefähr das nemliche!

Fr. Obristinn. Gehe aber doch für itzt mit ins Haus herein, denn siehst du Nichtchen, ich könnte ohne Wissen und Willen dir hinderlich seyn!

Obrister. Wie so?

Fr. Obristinn. Je nun? die Nichte sagt, daß mich der Anzug so allerliebst kleidet, und wenn der Graf just nicht zu stark auf die Jugend sähe, und mir etwan einen Liebesantrag machte! — —

Obrister. Hahaha! Es geht doch nichts über die Einbildung! Sorge dich nicht, Alte,

der

der Graf iſt bei gutem Verſtande, und ſo haſt
du nichts zu fürchten! Merk dirs, Trutchen,
wenn ich mich deiner nicht annehme, ſo biſt du
verloren! Geh, ſey keine Phantaſtinn, und mach
mir keine Galle, ich habe itzt nöthigere Dinge
zu thun! Geht her! Alle! alle mit einander! Ich
traue der weiblichen Eitelkeit nicht! Ich muß euch
muſtern! Marſchirt einmal vor mir auf! Ich
muß ſehen, ob nicht irgend wo die Dame her=
ausguckt! Nehmt euern Karakter an, ſtellt euch
bäuriſch! Bravo! bravo! und die Nichte machts
gar gut! Seht nur, wie ſie die Füſſe einwärts
ſtellt! wie ſie ſich ſchämt! Tauſend Sapperment!
das Ding gefällt mir ſelbſt! der Graf iſt weg!
hin iſt er! auf den erſten Augenblick verloren! bin
ein alter Kerl! aber es wird mir ſelbſt da herum
ganz warm! (aufs Herz deutend.) Halt! noch et=
was! (berührt ihre Kleider.) Nun! da haben wirs!
das riecht ja, wie ein leibhaftes Potpourri! der
verdammte Naturalgeruch wird alles verderben!
Kinder! wenn man euch nicht erkennen ſoll, ſo
geht geſchwind ein paarmal im Kühſtall auf und
ab! ſonſt riecht man die Dame auf zehn Schrit=
te!

Baroninn. Warum nicht gar! Sehen ſie
nicht! der Strauß hier riecht ſo ſchön!

Q 5   Drit=

Dritter Auftritt.

Vorige. Ein Bedienter.

Bedienter. Die Fremden kommen grade hieher! (auf die andre Seite ab.)

Baroninn. Sie kommen! Itzt nur! liebe Tante! lieber Onkel, geschwind hinein! Lischen! Lischen! die Spinnräder! (Obrister und Frau Obristinn gehen ins Haus ab.)

Baroninn. (setzt sich zum Spinnrad, dreht und kann nicht zurechte kommen.) Lischen! Um Gottes= willen, ich kanns nicht treffen!

Lischen. Drehen Euer Gnaden nur drauf los! Es wird schon gehen!

Baroninn. Wir müssen in Diskurs begrif= fen seyn! So rede sie nur etwas! Oder sing sie ein Liedchen; wenn ich zu Odem komme, so sing ich mit.

Lischen. (singt.) „Selbst die glücklichsten der Ehen=“

Baroninn. Sing sie nicht! Lischen! Ihre Stimme ist zu melodisch! Er müßte aufmerksam auf sie werden.

Lischen. Warten Euer Gnaden, ich will mich lieber rückwärts setzen! (setzt sich hinter sie.)

Obrister. (guckt zur Thüre hinaus.) Noch nicht da? daß sie's wissen, Nichte! Ich heiße Hans, meine Alte Ursel! und sie Röschen!

Fr Obristinn (ebenfalls an der Thüre.) Ich mag, ich will nicht Ursel heißen!

Obrist.

Obriſter. Urſel! Urſel! dabei bleibts!

(macht die Thüre zu)

Lischen (ſieht links hinaus) Man kömmt! Richtig ſie finds! Ihrer drei! Sicher auch ein Bedienter!

Vierter Auftritt.

Vorige. Graf Lohenhausen. Graf Tillenheid. Franz.

Gr. Lohenh. Hier müſſen wir ſie treffen! von hier kam die Stimme!

Gr Tillenh. Richtig! dort ſitzen ja ein paar Nimphen!

Gr. Lohenh. Ein paar allerliebſte Kinder! Wir müſſen Bekanntſchaft machen! lachen ſie nicht, Graf! wer weiß, ob nicht eine von ihnen einſt Gräfinn Lohenhausen wird!

Gr. Tillenh. Viel Glück dazu! Gehen wir nur näher! damit ich doch erfahre, welche von beiden die Glückliche ſeyn wird?

Gr. Lohenh. (nähert ſich.) Guten Abend, ſchöne Kinder!

Baroninn und Lischen. (ſpringen erſchrocken auf, und ſchreien.)

Baroninn. Ah, bin ich nicht erſchrocken!

Gr. Lohenh. Und worüber denn, mein Kind?

Baroninn. Je nu! Je nu! Uiber die Herrn da!

Gr.

Gr. Lohenh. Sind wir denn so fürchterlich?

Baroninn. Das nicht! Aber die vornehmen Herrn sind bei uns seltsam, und da erschrickt unser einer immer, wenn man einen zu sehen bekömmt!

Gr. Lohenh. Welche von euch beiden hat denn vorhin so schön gesungen?

Baroninn. (auf Lischen zeigend) Die da!

Gr. Lohenh. (zu Lischen.) Du kannst also so schön singen?

Lischen (trotzig.) Das wird den Herrn nicht viel angehen!

Gr. Lohenh. Hoho! Warum denn so böse?

Baroninn. Weil ihrs der Michel befohlen hat.

Gr. Lohenh. Der Michel? Wer ist denn der Michel?

Baroninn. Unsers Nachbars Knecht. Er freiet schon zwei Jahre um sie, und wird sie zu Martini, wills Gott, heurathen!

Gr. Lohenh. Heurathen? Also eine Braut! (zur Baroninn.) Dir aber hats doch kein Michel verboten, freundlich zu seyn?

Baroninn. (ganz einfältig.) Nein, mir nicht!

Gr. Lohenh. Wir können also ein wenig mit einander reden?

Baroninn. Warum denn nicht? S'reden steht ja jedem frei!

Gr. Lohenh. Wie heißt du denn?

Baroninn. Röschen!

Gr.

ein Luftspiel. 153

Gr. Lohenh. Haſt du noch Eltern?

Baroninn. Ja, mein Vater wohnt da in dem Hauſe; er war lange Zeit Soldat. Hat vie=ſen — vielen die Köpfe weggehaut. Itzt iſt er aber ein Bauer.

Gr. Lohenh. Das wäre! Und womit be=ſchäftigſt du dich denn?

Baroninn. Mit allerhand! Itzt ſpinn ich! Meine Mutter hat geſagt: Es wäre Zeit aufs Brautbette zu denken! da ſpinn ich denn die Lein=wand dazu! Auf den Winter werden wir die Federn ſchleuſſen!

Gr. Lohenh. Und hernach?

Baroninn. Hernach? Je nun, da heben wirs auf, bis wirs brauchen!

Gr. Lohenh. Wirſt du's bald brauchen?

Baroninn. Hm? Was?

Gr. Lohenh. Ob du's bald brauchen wirſt?

Baroninn. Der Herr möchts wohl gerne wiſſen?

Gr. Lohenh. Freilich! freilich!

Baroninn. Und juſt ſoll ers nicht erfahren!

Gr. Lohenh. Warum denn nicht?

Baroninn. Weil ein Männsbild nicht neugie=rig ſein ſoll!

Gr. Lohenh. (zum Graf Tillenheid.) Sehen ſie nur, Graf, ſehen ſie nur! Welch eine ſim=ple, rohe Einfalt! und doch dabei ſo naiv! Verrieth dieſe Antwort nicht den herrlichſten Mut=terwitz?

Gr. Tillenh. Richtig, Graf, richtig.

Gr.

Gr. Lohenh. Und betrachten sie einmal das Mädchen! Betrachten sie solche mit kritischen Augen! Sehen sie nur, wie viel natürlichen Anstand sie zeigt! Mehr als manches Fräulein, an der die Gouvernante Jahre lang gezupft und gezogen hat! Selbst der Ton ihrer Stimme trifft mein Herz! Er hat viel ähnliches mit dem Tone der Dame, von der wir heute früh sprachen!

Gr. Tillenh. Das ist nun wohl Einbildung. Aber sehen sie nur auf die Füsse! Wie einwärts!

Gr. Lohenh. Selbst dieß Einwärtsstehen läßt ungezwungen! — — Auch ist sie schön! Wirklich schön! Ihre Gesichtszüge sind regulär, und ihr Auge vielsprechend! Ich muß näher mit ihr bekannt werden! Du hast also keinen Liebhaber?

Baroninn. Nein! die schönen, hübschen Bursche nehmen itzt alle die Soldaten weg, und die garstigen, krummen mag ich nicht!

Gr. Lohenh. So kannst du ja einen Soldaten heurathen!

Baroninn. Nein! der trägt schon einen Zopf, und wer einen Zopf trägt, ist nicht unsers gleichen!

Gr. Lohenh. Wie alt bist du wohl, mein Kind?

Baroninn. Just so alt wie des Hans Görgens Käthche, wir sind an einem Tage gebohren!

Gr. Lohenh. Ja, ganz gut! Aber ich kenne die Käthche nicht! Wie alt ist denn diese?

Ba=

Baroninn. Just so alt, wie unser Haus=
thor?

Gr. Lohenh. Nun, und dieses?

Baroninn. Je nun, das ist just so alt wie
ich. Ich, die Kätche und's Hausthor sind im
gleichen Alter.

Gr. Lohenh. (zum Graf Tillenheid.) Weißt
du itzt, wie alt sie ist?

Gr. Tillenh. (lachend.) Nein!

Gr. Lohenh. Ich auch nicht!—— Rös=
chen! (zieht seine Börse heraus.) Komm einmal her!
(zeigt ihr einen Dukaten) Siehst du, wie das fun=
kelt! Wie das schimmert!

Baroninn. Ey!-das ist schönes Geld!
(springt hinzu, und fühlt die Börse an) Und da giebts
noch viel! viel!

Gr. Lohenh. Ja, mein Kind!

Baroninn. Wie heißt man denn das Geld?

Gr. Lohenh. Das sind Dukaten!

Baroninn. Dukaten! Dukaten! (schlägt in
die Hände, sehr freudig.) Ei! das sind schöne Du=
katen!

Gr. Lohenh. Ja, ja! Und siehst du!——
—— Halt einmal die Hand auf! (Baroninn hält
ihre Hand hin.) Eins! zwei! drei! (zählt ihr solche
in die Hand.) Die schenk ich dir auf ein neues
Kleid!

Baroninn. (hüpfend) Auf ein neues Kleid?
—— Aber, lieber Herr, halt er nun auch die
Hand auf! (Graf Lohenhausen hält die Hand hin.)
Eins! zwei! drei! die gebe ich dem Herrn zurück!

Gr.

Gr. Loh-nh. Warum denn, liebes Röschen?

Baroninn. Meine Mutter hat gesagt: Ein ehrliches Mädchen darf nichts nehmen, so braucht es auch nichts zu geben.

Gr. Lohenh. Das hat deine Mutter gesagt! (für sich.) Welch eine herrliche Lehre!

Baroninn. (ganz einfältig.) Ja! ja! das hat sie gesagt! Sie hat mir auch noch allerhand erzählt! Wenns der Herr hören will, so will ichs ihm wieder erzählen.

Gr. Lohenh. Erzähl, liebes Kind, erzähl!

Baroninn. Meine Mutter sagte: Es gäbe gewisse grosse, grosse Herren in der Stadt, die giengen dann und wann aufs Land spazieren, und besuchten die hübschen Bauernmädchen!

Gr. Lohenh. Das wäre!

Baroninn. Ja, ja! glaub ers nur! Es ist gewiß wahr! Wart er nur, ich wills ihm weiter erzählen! Wo sind wir denn geblieben? Ja, richtig! Und besuchten hübsche Bauernmädchen, zeigten ihnen einen grossen, grossen Beutel voll Geld, und verlangten einen Kuß! die einfältigen Mädchen glaubten das Geld zu erhaschen, und gäben den Kuß freiwillig hin! — — Da haben sie nun just nichts Unrechtes gethan, denn ein Kuß in Ehren kann niemand wehren! Nicht wahr?

Gr. Lohenh. Richtig, Kind, richtig!

Baroninn. Ja; wart er nur, die ärmen Mädchen hätten den Kuß doch nicht geben sollen! Denn, sagt meine Mutter, wenn die Herrn

den

den Kuß haben, so verlangen sie immer mehr, mehr, mehr von den Mädchen, und das Mädchen giebt immer mehr, mehr, mehr, um das Geld zu erhaschen! Am Ende hat das Mädchen nichts mehr zu geben, und die Herrn heben das Geld lachend auf, gehen fort, und lassen das Mädchen im Elende sitzen! Wie gefällt ihnen das?

Gr. Lohenh. Schlecht! Abscheulich! Solch einen Mann könnte ich hassen, verabscheuen!

Baroninn. Ich auch! ich auch! Merk sichs der Herr ja! und betrüg er nie so ein armes Mädchen! Ich muß allemal weinen, wenn ich an Richters Liesel denke, (weint) der giengs auch so!

Gr. Lohenh. (blickt sie zärtlich und voller Inbrunst an) (Eine Pause.)

Baroninn. (lacht) Seh mich der Herr nur nicht so stark an? Es ist ja, als wenn er mich mit den Augen erstechen wollte!

Gr. Lohenh. O göttliches Mädchen! (will sie umarmen) Engel!

Baroninn. (schreiend) Herr Jemine! Was giebts denn?

Gr. Lohenh. (sich gegen den G.Tillenh.wendend) Graf! Ich bin überwunden! Noch mehr! Ich bin entzückt! O dieß Mädchen! diese Naivität! diese unschuldsvolle, diese göttliche, unnachahmliche Einfalt! dieß gute, unbefangene redliche Herz! O Graf, ich fühle mich sowohl! so eilig! so! — Ich bin — — Ich bin — — O wer erklärt

R   mir

mir meinen Zustand! Wer kanns beschreiben, was
ich fühle!

Gr. Tilleny. Graf! Graf! Sie schwärmen!

Gr. Lohenh. Wenn dies Schwärmerey ist,
so ist Schwärmerey Seeligkeit, so ist sie Wonne!
Freund! ich danke ihnen! danke ihnen tausendmal!
durch sie lernte ich diesen Engel kennen! Ich fühls,
ich liebe, — O nein! Ich bete das Mädchen an!
Wo ist eine Dame, die ihr gleicht! — Ich hatte
recht, daß ich aufs Land eilte! Nur da ist noch
Unschuld, noch Tugend zu finden! Mädchen! theures Röschen!

Baroninn. Was fehlt ihnen denn lieber
Herr?

Gr. Lohenh. O viel! sehr viel! bey dir
stehts mich zum Glücklichsten zu machen! Sey aufrichtig, Röschen; sprich frey und offen, laß dein
Gesicht nicht lügen! Sprich! Könntest du mich
lieben? Könntest du mir wohl gut seyn?

Baroninn. O ich bin allen ehrlichen Leuten
gut; Ich habe alle gerne!

Gr. Lohenh. Wolltest du mich wohl heirathen?

Baroninn. Heirathen? (lacht) heirathen?

Gr. Lohenh. Lache nicht, gutes Kind! lache nicht! Sieh, ich rede ernstlich, aufrichtig mit
dir! Antworte mir eben so!.

Baroninn. Herr! Er macht mir ganz angst
und bange!

Gr. Lohenh. Ich bitte; ich beschwöre dich,
gu=

gutes Röschen, beantworte meine Frage! Schö=
nes, liebes, theures Mädchen, antworte!

Baroninn. Der Herr kann recht schön bitten!
hi hi hi!

Gr. Lohenh. O wohl mir, wenn meine
Bitte dein Herz trift! Nun, Röschen! (nimmt ihre
Hand) Wollteſt du mich heirathen?

Baroninn. Ich weis ja nicht! — — Wer
iſt denn der Herr?

Gr. Lohenh. Ich? Sieh, ich will dir nichts
verheelen! Will dir alles aufrichtig ſagen, damit
du mir eben ſo aufrichtig antworten kannſt! Ich
bin der Graf Lohenhauſen, bin reich, habe viel
Vermögen, und will herzlich gerne alles mit dir
theilen, wenn du mich nur lieben, nur mein Weib
werden willſt!

Baroninn. Gnädiger Herr! itzt frägen ſie
mich einmal, wer ich bin?

Gr. Lohenh. Auch das! Nun! Wer biſt
du?

Baroninn. Ich bin ein armes Bauernmäd=
chen, heiſſe ſchlechtweg Röschen! Habe kein Geld,
kein Vermögen, nichts als einen ehrlichen Namen,
und nun reimen ſie einmal meinen Stand und ihren
Stand, ihr Vermögen und mein Vermögen zuſam=
men, ſo werden ſie die Antwort auf ihr Frage
ſelbſt finden.

Gr. Lohenh. O wenn dich weiter nichts
hindert, wenn nur Stand und Vermögen dich
abſchrecken, ſo biſt du mein, Mädchen, ewig
mein! Ich mache dich zur Gräfinn, gebe dir

mein

mein Geld, und du giebst mir dein edles, sanftes, unverdorbnes Herz! das ist millionenmal mehr werth als jenes!

Baroninn. Ach nein! nein! Frag' er mich ja nicht mehr. Ich kann ihm wirklich nicht ant=worten!

Gr. Lohenh. So erlaube mir wenigstens, daß ich mit deinem Vater und deiner Mutter spre=che, und wenn diese einwilligen — — Sprich! Was würdest du dann thun?

Baroninn. Je nun! Je nun! (unwillig) Sie sind doch ein rechter Plaggeist!

Gr. Lohenh. Seys! Aber ich lasse nicht nach!

Baroninn. Ich — ich kanns unmöglich sagen! Sie können sichs ja selbst denken, was ich sagen würde!

Gr. Lohenh. O Holde! Geh! geh! Rufe deine Eltern! Ich will meines Schicksals gewiß sein! Vorher sieh mich aber noch freundlich an! Nun? Sieh mir doch in die Augen!

Baroninn. Ich mag nicht! Ich fürchte! Ich habe so schon zu tief hineingeguкt (läuft ab, ruft) Vater! Vater! (ab)

Fünf.

Fünfter Auftritt.

**Graf Lohenhauſen.   Graf Tillenheid.
Lischen.   Franz.**

Gr. Tillenh. (für ſich) Das Spiel iſt ge=
wonnen, aber ſie hat auch herrlich geſpielt (zum
Graf Lohenh.) Wie iſts, Graf?

Gr. Lohenh. O wohl! gut! herrlich!
(wirft ſich auf eine Raſenbank) Ich muß mich erho=
len! Es hat mein Herz zu ſtark angegriffen, und
ich brauche Faſſung!

Franz. (der ſich Lischen nähert.) Sie ſpinnt ja
recht fleißig, mein liebes Kind?

Lischen. Wird den Herrn nicht viel angehn?

Franz. Tauſendhinein! Warum den ſo gar
trotzig?

Lischen. Weil mir's ſo gefällt!

Franz. (hält ihr das Rad auf) Iſt der Michel
ſchön?

Lischen. Zehnmal ſchöner, wie er.

Franz. Er eifert wohl recht ſehr?

Lischen. (giebt ihm einen Naſenſtüber) Schmeks
der Herr! (läuft ab)

Franz. (ſich die Naſe haltend) Tauſend Sapper=
ment! Ich glaub, ich habe meine halbe Naſe ver=
lohren!

Gr. Tillenh. (lachend) Was iſts? Was
giebts, Franz?

Franz. Je, das verdammte Bauermädchen hat mich höllisch ausgezahlt! Ich fühle, hol mich der Geyer, meine Nase nicht mehr!

Gr. Tillenh. (schüttelt den S. Lohenh.) Freund der Vater; der Vater kömmt!

Sechster Auftritt.

Vorige. Der Obriste. Fr. Obristinn.

Obrister. So komm nur, Ursel, komm nur! Wollen wir doch sehen, obs wahr ist, was das Mädchen alles schwätzt!

Gr. Tillenh. (lachend, für sich) Eine königliche Unterhaltung! Und die Obristinn! Wie die aussieht!

Obrister. Ihr Diener, meine Herrn, ihr Diener! Da hat mir meine Tochter so allerhand erzählt! Es wären vornehme Herrn da, und die wollten mit mir sprechen! Ich weiß nicht, ob sie recht gehört hat, oder — — —

Gr. Lohenh. Recht hat sie gehört! Grüß euch Gott, guter Alter! Guten Abend liebe Mutter! O ihr seyd glückliche Eltern!

Obrister. Ja! das sind wir! Haben ein gutes Kind, leben bloß in ihr, und lassen es uns in unsern alten Tagen wohl seyn! Nicht wahr, Ursel,. nicht wahr?

Fr. Obristinn. Ja, ja! Das ist wahr! Es ist ein schönes Mädchen!

Gr.

Gr. Lohenh. Setzt hinzu: Ein gutes Mäd=
chen! — — liebe Frau Urſel! — — —

Fr. Obriſtinn. (für ſich, verdrüßlich) Urſel
und immer Urſel! (zum Grafen) Ich heiße eigent=
lich nicht Urſel; mein Mann nennt mich nur ſo!
Ich heiß, ich heiß Friederike!

Gr. Lohenh. Ihr wart Soldat, lieber Va=
ter?

Obriſter. Ja! ich habe 34 Jahr gedient war
20 Jahre Korporal, hab dreizehn Bataillen bei=
gewohnt, und bin endlich mit dieſem lahmen Fuß
verabſchiedet worden.

Gr. Lohenh. Auch ich bin ein Soldaten=
kind! Mein Vater ward der General Lohenhauſen!

Obriſter. Der war ihr Vater? O, der war
ein braver Mann! Ich habe unter ihm gedient!
ihn ſehr gut gekannt! Manchen Dukaten von ihm
erhalten! Seyn ſie mir willkommen, Sohn eines
ſo würdigen Mannes! Alte geh, bring zu eſſen!
zu trinken! Geh, bring, was unſer armes Haus
vermag! Ich will den Sohn meines ehemaligen Ge=
nerals wenigſtens ſo gut bewirthen, als ich kann.
Geh, Alte geh!

Fr. Obriſtinn. (ruft) Johann! Johann!

Obriſter. (zupft ſie) Was fällt dir denn ein
Wo ſoll den der Johann herkommen? (zum Grafen
Lohenhauſen, welcher es bemerkt) Sie müſſen ihrs
ſchon verzeihen! Herr Graf! im letzten Kriege
trieb meine Frau das Marketänderhandwerk! Da
hatte ſie immer ihre zwei, drey Kellner, und

wenn

wenn itzt vom Essen und Trinken die Rede ist, so glaubt sie noch ihre Kellner zu haben, und ruft sie! — — Alte, mußt schon selbst gehen! Die Kellner sind schon längst abgedankt!

Fr. Obristinn. (für sich) Itzt macht er mich gar zu Marketänderinn! Eine Dame zur Marketänderinn! Der Mann besitzt nicht die geringste Delikatesse! Um Gotteswillen! ich schäme mich vor mir selbst! (will ab)

Gr. Lohenb. Laßts, gute Mutter, laßts seyn! Ich werde nicht essen, nicht trinken! Ich will nur mit euch beiden reden. Es betrifft eure Tochter!

Obrister. Unsre Tochter? da braucht eben meine Alte nicht dabei zu seyn, denn was ich thue, ist ihr recht. Sie hat noch ein bischen Arbeit, das heute gethan seyn muß! Geh Alte, geh zu deiner Arbeit! Wenn wir dich brauchen, so werden wir dich rufen! (für sich) Ich muß sie nur fortschicken, sonst verderbt sie den ganzen Spaß!

Gr Lohenb. Franz, du kannst mit ihr gehen!

Franz. (zur Obristinn) Kommt gute Mutter, kommt, ich will euch arbeiten helfen!

Fr. Obristinn. Ach, ich kann schon allein besorgen, was mir zukömmt! (für sich) Sogar der Bediente macht sich mit mir familiär!

Franz. (reicht ihr Toback) Beliebt Frau Mutter?

Fr.

Fr. Obriſtinn. (für ſich) Immer ärger! (zu ihm) Ich ſchnupfe keinen! (heimlich zum Obriſten) Kind, ich bitte dich um Gotteswillen, ſchaf mir den Bedienten vom Halſe. Ich kanns ſonſt nicht aushalten!

Obriſter. (unwillig) Ey, was er wird dich nicht freſſen! Geh nur einmal!

Franz. Komm ſie, Frau Marketänderinn! komm ſie!

Fr. Obriſtinn. (im Abgehen) Ach, das iſt nicht zu ertragen! (mit Franzen ab)

Gr. Tillenh. (für ſich) Auch ich will mich entfernen, um mich wenigſten ſatt lachen zu kön= nen! (ihnen nach, ab)

Siebenter Auftritt.

Der Obriſter. Graf Lohenhauſen.

Obriſter. Nun ſind wir allein! Sie haben mich unruhig gemacht! Was haben ſie mir von meiner Tochter zu ſagen?

Gr. Lohenh. Viel! ſehr viel! Wo ſoll ich anfangen? Wo enden? meinen Stand, lieber Alter, kennt ihr. Mein Vermögen iſt groß! Ich bin frei und mein eigner Herr! Seit meinem zwan= zigſten Jahre reiſte ich in fremden Ländern herum, ſuchte eine Frau nach meinem Sinne, und konn= te ſie nicht finden! itzt aber, guter ehrwürdiger Vater, ſteht es bei euch, mich glücklich, mich unausſprechlich glücklich zu machen! Ich habe vor

we=

wenig Augenblicken eure Tochter kennen gelernt! Ich finde in ihr alles, was ich von einer Frau fordre! Vater, gebt mir sie zum Weibe!

Obrister. Gnädiger Herr! Ich bin alt, ich habe gedient! Ich habe Wunden fürs Vaterland erhalten; und dieß alles verdient doch, bei Gott, keines Spottes!

Gr. Lohenh. Ich spotte nicht! Gott ist mein Zeuge, daß ich Wahrheit rede! und hier meine Hand, das ichs redlich meine!

Obrister. Sie? Graf Lohenhausen? Sie? So reich? So vornehm? Sie wollten die Tochter eines armen Mannes heurathen?

Gr. Lohenh. Ja, ich Graf Lohenhausen, Herr einer halben Million, will eure Tochter heurathen!

Obrister. Je, gnädiger Herr, das geht nicht! Es ist ja nicht erlaubt! Ein jeder soll bei seines gleichen bleiben! Meine Tochter würde eine schöne Gräfinn vorstellen! Alle Leute würden darüber lachen! und jeder würde es eine abscheuliche Meß — — Messa — — — Ich weiß selbst nicht wie das Wort heißt!

Gr. Lohenh. Messalliance wollt ihr sagen? Ha ha ha! So hat man auch Sorge getragen, dieß Wort unter den Bauern auszubreiten, um sie damit abzuschrecken! Messalliance? Mensch mit Mensch kann sich unmöglich messaliren! und Liebe — — merkt euch das, guter Alter! — macht alles gleich! Ich heurathe ja nicht den
gräf-

gräflichen, den fürſtlichen Titel! Ich nehme immer nur das Weib! welches doch bei Gott aller
Ahnen und Titel ungeachtet eben nur Körper und
Seele wie ein Bauernmädchen hat. Titel und Ah=
nen geben an und für ſich keinen Verſtand, keine
Tugend, keine innern Vorzüge! die Bäuerinn,
wie die Fürſtinn muß dieſe zu erwerben ſuchen!
Wo ich Verdienſte finde, da verehre ich ſie, und
diejenige Gattinn, die ſie am meiſten beſitzt, iſt
das beſte das Weib! Sie ſey, wer ſie ſey!

Obriſter. Recht, gnädiger Herr, recht!
Ich bin ein alter, einfältiger Mann! bin nicht
im Stande ihnen da alles deutlich zu wiederlegen,
aber ſo viel weiß ich doch, daß ſolche Ehen nie
glücklich ſind! So verliebt auch der Mann iſt,
ſo verſchwindet doch nach und nach der Taumel,
er ſieht ſein Weib von Hohen und Niedrigen
verachtet, grämt ſich, oder läßt ihrs entgelten;
und hernach die Kinder — —

Gr. Lohenh. Kinder? Wie ſollten dieſe
die Schuld des Vaters tragen?

Obriſter. Und doch, Herr, doch! Der Bür=
ger hält ſie für zu vornehm, und der Adel für
zu gering, um mit ihnen umzugehen. Sie ſind
gleichſam ausgeſchloſſen aus der menſchlichen Ge=
ſellſchaft, müſſen ſich beim Bürger den Vater,
dem Adel die Mutter vorwerfen laſſen, ſind un=
fähig die Vorzüge des Letztern, die kleinen Glück=
ſeligkeiten des Erſtern zu genieſſen! Sie finden
überall Hinderniſſe, und verwünſchen endlich den

Va=

Vater, der die Thorheit begangen hat, Zwitter aus
ihnen zu machen! — — Und Herr so arm, so
einfältig ich bin, so möchte ich doch nicht mit dem
Bewußtsein sterben: Meine Kinder unglücklich ge=
macht zu haben.

Gr. Lohenh. (staunt ihn einige Zeit an) Ihr
sprecht sehr warm! sehr gut! vertheidiget den Adel
aufs beste! Aber wohl mir, daß ich diese Ein=
würfe leicht entkräften kann! Ich hinterlasse meinen
Kindern Reichthum genug! und dieses hält sie
für alles schadlos; sie brauchen keine Ehrenstellen,
keine Titel! und werden glücklicher leben, wenn ich
ihnen die Gelegenheit zu diesen zweifelhaften Besitze
raube.

Obrister. Alles ganz löblich! ganz gut ge=
sprochen! Aber, gnädiger Herr, erlauben sie mir
einmal eine Frage?

Gr. Lohenh. Fragt, was ihr wollt, ich
will euch alles beantworten!

Obrister. Was würden sie von einem Vater
halten, der viel, viel Vermögen, und dabei ei=
nige Kinder hätte! dieses Vermögen aber bei sei=
nen Lebzeiten verschenkte, verschleuderte, und sei=
nen Kindern nichts als den Bettelstab hinterließe!
Was würden sie von dem Manne halten?

Gr. Lohenh. Daß er ein schlechter Vater
sey! daß er ein verdorbnes, rohes Herz haben
müsse!

Obrister. Nehmen sie mirs nicht übel! Aber
sehen sie, gnädiger Herr, da habe ich sie, wie
den Vogel in der Schlinge gefangen. Ist Ehre,

sind

find Würden und Titel nicht auch Vermögen? Sind sie nicht höher zu schätzen als Geld? Und sie, gnädiger Herr, wollten dieses Vermögen so muthwillig verschleudern? Wollten Vorzüge, die sich ihre Urältern durch Vergiessung ihres Bluts, durch Mühe und Fleiß erworben haben, ihren zukünftigen Kindern rauben und entziehen! Was würden sie ihrem Sohne einst antworten, wenn er zu ihnen träte und sagte: Vater! Was habe ich dir gethan, daß du die Vorzüge, die Würden, welche meine Vorältern sich erworben, so leichtsinnig an ein Bauernmädchen verkauftest? Sie waren dir von deinem Vater anvertraut, um sie auf dich fortzupflanzen, deine Schuldigkeit wars sie zu vermehren, nicht wegzuwerfen! Was könnten sie ihm antworten? Und sehen sie, mein Herr, wer in einem Staate lebt, der muß sich auch seinen Gesetzen unterwerfen, der muß auch eingeführte Gebräuche und Gewohnheiten befolgen. Wer kann dafür, daß man kein Bauernmädchen in einem Stammbaume duldet! Es ist nun einmal so angenommen, daß es ein so grosses Loch drein macht, an dem zehn nachfolgende Geschlechter zu kleistern und zu pappen haben, um's wieder zuzumachen!

Gr. Lohenh: Mann, du mußt mehr als ein Bauer seyn, deine Reden verrathen den Mann von Nachdenken und Kenntniß. Auch mußt du nie die Fesseln des Adels getragen haben, sonst würdest du minder sein Vertheidiger seyn.

Obriste

Obriſter. (für ſich) Ich habe vielleicht zu viel geſagt, muß wieder einzulenken ſuchen! Uiberdieß hat mir ja auch die Nichte befohlen, daß ich ein= willigen ſoll! (zum Grafen) Ich ſage ihnen nur, was mir mein geſunder Menſchenverſtand eingiebt, und vertheidigte nur mein Kind, das ſie an einen Platz hinſetzen wollen, wo es nicht hingehört; aber wenn ſie dieſes alles nicht abſchreckt, wenn ſie dem ungeachtet mit ihr glücklich ſein können, ſo habe ich wenigſtens meine Schuldigkeit gethan, und ha= be mir nichts vorzuwerfen. Iſts mein Kind endlich auch zufrieden — — —

Gr. Lohenb. (freudig) So willigt ihr ein?

Obriſter. Je, nun freilich! dann bleibt mir ja nichts anders übrig! die Hand drauf! dann nenne ich ſie mit Freuden: Herr Schwiegerſohn! (ruft ins Haus hinein) He! kommt alle, alle heraus! Unter Gottes freiem Himmel wollen wir die Sache ins Reine bringen! (für ſich) Gott ſeys gedankt, daß es ſo weit iſt, und hätte beinahe das ganze Spiel verdorben!

Achter Auftritt.

Vorige, die Obriſtinn, Baroninn, Graf Tillenheid, Lischen, Franz.

Fr. Obriſtinn. Nun, da ſind wir? Was giebts dann?

Gr.

Gr. Lohenh. Guter Vater! Nun redet! redet!

Obrister. Geh her! Rößchen! der Herr da — ist ein reicher Mann — ein Graf! der will dich mit Teufels Gewalt zu seiner künftigen Frau haben. Ich habs ihm schon halb und halb zugesagt! Hast du etwas dawider einzuwenden?

Gr. Lohenh. Rede, Rößchen, rede!

Baroninn. (lacht.) Er gefällt mir, Vater!

Gr. Lohenh. Wirklich? O göttliches Mädchen!

Obrister. Ja, Kind! Du sagst, er gefällt dir, das ist noch nicht genug! Liebst du ihn auch? denn er will dich heirathen!

Baroninn. Vater! dazu bräucht es Zeit! Wir kennen ja noch einander nicht genug! Er weis ja nicht: Ob ich ihm recht bin, und ich weis nicht: Ob er mir auch immer gefallen wird!

Obrister. Sehen sie! das Mädel ist gescheider als wir alle! Sie hat vollkommen Recht! Herr Graf, sind sie mit dieser Antwort zufrieden?

Gr. Lohenh. Muß ich nicht? Aber, loses Mädchen, sag mir nur, wie lange ich warten soll?

Baroninn. Ja, das kömmt auf die Umstände an! Bey uns Bauern ist der Gebrauch so, daß man sich erst ein halbes, ein ganzes Jahr besucht — — —

Gr. Lohenh. O, das ist zu lange! Du mußt eine kürzere Zeit bestimmen.

Ba=

Baroninn. Kommt Zeit, kommt Rath! sagt mein Vater! Aber, da haben sie noch viel zu thun! viel zu lernen!

Gr. Lohenh. Zu lernen? Je, Kind, was soll ich denn thun? denn lernen?

Baroninn. Ja, das will ich ihnen schon sagen!

Gr. Lohenh. Sag mirs gleich! Komm setz dich zu mir! (zieht sie auf die Rasenbank) Erzähl mir alles! (spricht mit ihr fort)

Fr. Obriftinn. Sag mir nur, Alter, wie lange die Masquerade noch dauern soll? Ich werde lieber nach Hause gehen, man estimirt mich ja gar nicht! Ich stell doch die Mutter vor, und kein Mensch fragt mich um die Einwilligung.

Obrift. Wie kann man dich auch fragen? Ich habs mit Fleiß vermieden! du verräthst dich ja alle Augenblicke.

Fr. Obriftinn. Verrathen? Das kann mir niemand nachsagen! Wenn ich mich verrathen wollte, so hätte ichs längst thun müssen! Der Bediente, — — Sieh nur, wie er auf mich herschielt — Der hat sich, Gott verzeih mir meine Sünde — gar in mich verliebt! der unglückliche Mensch dauert mich in der Seele!

Obrifter. Was du für eine eitle Kreatur bist! Ich stehe dir dafür, es ist ihm nicht eingefallen!

Gr. Tillenh. (der unterdessen sich unbemerkt zu ihnen schlich) lieber Onkel erzählen sie mir nur den weitern Plan! ich weiß gar nichts: ich tap=

tappe in Finſtern! Vor den Bedienten konnte ich gar nichts mit ihr reden!

Obriſt. Sie will, wie ſie ſagt, den Grafen auf morgen früh wieder beſtellen, da ſoll er denn das Haus leer finden, ſie wird als Dame ſpazieren gehen, und von geſtern gar nichts wiſſen wollen.

Gr. Tillenb. Das iſt ein herrlicher Plan! da wirds wieder neue Unterhaltung geben!

Lischen. (heimlich hervorlaufend) Da kömmt ein Herr gerade auf uns zu!

Obriſt. Ein Herr? Was Teufel!

Gr. Tillenb. Je, das iſt der Baron Schönberg!

Obriſt. Baron Schönberg! Da haben wir die Beſcheerung! Der verräth heilig alles!

Fr. Obriſt. Um Gottes Willen, wenn er mich in dem Aufzuge erkennt, ſo ſchäm ich mich zu Tode!

Neunter Auftritt.

Vorige, Baron Schönberg (ſehr eilig) **im Reiſekleid.**

Baron Schönb. (zum Obriſten) Sagt mir doch, guter Alter, wo tref ich eure Herrſchaft? Sie ſoll — — — (erblickt den Graf Lohenhauſen welcher die Baroninn, die bey des Barons Anblick erſchrocken auffuhr, zum Niederſetzen bereden will) Je,

S   Herr

Herr Graf, um aller Welt willen! Wie kommen sie daher? Und in so hübscher Gesellschaft?

Gr. Lohenh. Ein Beweis, daß ich mein Wort halten will!

Baron Schönb. Beinahe hätte ich sie gerade in Verdacht gehabt, daß sies brechen wollten! Wissen sie wohl, daß sie hier nahe bey der Baronnin sind! Sie ist heute mit ihrem Onkel hieher gereist! voila! dieß dort ist sein Schloß!

Gr. Lohenh. O was kümmert mich ihre Baronninn! Ich habe hier mein Mädchen! Sie wollen sich gewiß wieder zu versöhnen suchen, ich wünsche Glück! (hält die Baroninn, welche fort will, immer bey der Hand) Pfui, Röschen, schäme dich nicht so, dieser Herr ist ein Bekannter von mir! Sehen sie Baron, mein Mädchen hat auch einen hübschen Fuß! Versteht ihn aber nicht so, wie ihre Baroninn zu produziren! (nimmt ihr mit Gewalt die Hand vom Gesichte) Und wenn ihre Dame solch ein Gesicht hätte, sie würde es nicht verbergen!

Baron Schönb. Wirklich hübsch! je vous souhaite — — — (bleibt erstaunt stehen)

Obrister. Itzt wirds brechen?

Fr. Obristin. Wenn wir nur lieber giengen!

Obrister. Und die Nichte im Stiche liessen! Nicht wahr?

Gr. Lohenh. (zum Baron) Nun, sie sind ja ganz entzückt?

Baron Schönb. Je, das ist! — — je suis perdu, c'est fait de moi! — — Sie ists!

Sie

Sie iſts wirklich! O ich! (läuft gegen den Obriſten betrachtet ihn ſtarr) Auch ſie! ſie! (betrachtet die Obriſtinn) diable m'emporte! Auch die ſogar! (reibt ſich die Augen) Träume oder wache ich!

Gr. Lohenh. Was iſt ihnen denn? Kennen ſie denn dieſe Leute?

Baron Schönb. Ob ich ſie kenne? Ent=weder ich oder ſie — oder wir beide ſind betrogen! Das iſt die Baronin von Waldheim! das ihr On=kel, der Obriſte von Storchenau! Dieß die Frau Obriſtinn! Nun entziffern ſie das Räthſel! Ich bins nicht vermögend!

Gr. Lohenh. Wie? wärs möglich? Sollte wirklich —:—?

Baroninn. (mit dem edlen Anſtande einer Dame) Ja! ich bin die Baroninn von Waldheim! Ich ver=nahm heute früh ihren ſeltſamen Entſchluß, ein Bauernmädchen zu heirathen: Ihre Denkungsart hatte mich auf dem neulichen Ball zu ſehr intereſ=ſirt. Ich unternahms, ſie von dieſer Thorheit zu heilen! Wohl mir, wenn mirs gelungen iſt! Rös=chen empfiehlt ſich ihnen zu geneigtem Andenken! Herr Baron, Sie habe ich nicht betrogen! Ich er=bitte mir in Zukunft dergleichen Ausdrücke, und ein für allemal ihren Beſuch ab! (ab)

Gr. Tillenh. (für ſich) Da mach ich mich aus dem Staube! (ihr nach)

Obriſt. Jtzt kömmt die Reihe an mich! — (geht mit geradem Gang zum Grafen) Herr Graf! Ich bin der alte Obriſt Storchenau! Habe mei=

ner

ner Nichte zu Liebe die Masquerade mitgemacht! Verzeihen Sie! wenns Sie beleidigte! Verlangen sie aber Satisfakzion, so steh ich, so alt ich bin, zu ihren Diensten, doch sie werdens wohl nehmen, wies zu nehmen ist! Kommen sie auf mein Schloß! Wir wollen da von ihrem seeligen Papa schwätzen, ich habe wirklich unter ihm gedient! (schüttelt ihm die Hand) Nun kommen sie bald nach! So oder so! Wir können ja doch eins werden! (ab)

Fr. Obristinn. Nun, da hat mans! mich läßt er im Stiche! An mir Unglücklichen werden sie ihre Wuth auslassen! wie sie da stehen? Stumm und starr! wenn ich nur fort wäre! (sich immer retirirend) Meine Herren! Ich bin ganz unschuldig! Ich weiß von gar nichts — — Mich hat man dazu gezwungen! (läuft furchtsam ab)

Lischen. (Will ihr nach)

Franz. (Sie aufhaltend) Halt! wer sind denn sie, mein schönes Kind?

Lischen. Ich bin die hochfreiherrliche Kammerjungfer.

Franz. (mit einem tiefen Komplimente) Und ich der hochreichsgräfliche Bediente.

Lischen. Kammerjungfern geben sich nicht mit der Livree ab!

Franz. Und die Livreebedienten beschmutzen sich nicht gerne in der Küche!

Lis=

Lischen. Und die Kammerjungfern leiden keine Inpertinenzen! (giebt ihm eine Ohrfeige, und läuft ab)

Franz. Und — und — und! — — das war grob!

Zehnter Auftritt.

Graf Lohenhausen. Baron Schönberg. Franz.

Gr. Lohenh. (steht noch immer mit einander geschlagenen Armen ganz erstaunt und vertieft auf der rechten Seite des Theaters. In eben dieser Stellung steht der Baron auf der linken Seite. Franz steht in der Mitte des Hintergrundes, und hält sich den Backen. Eine lange Pause. Beide gehen endlich mit starken Schritten auf und nieder: Franz thut im Hintergrunde das nämliche)

Gr. Lohenh. Nein! nein! das werde ich nicht vergessen!

Baron Schönb. Mir vor allen Leuten ihr Haus zu verbieten!

Franz. Umsonst, um nichts eine solche Ohrfeige!

Gr. Lohenh. Ich dünkte mich so glücklich! so seelig! Und nun! Verschwunden ist der Traum! Ah! ich werde nie so schön mehr träumen!

Baron Schönb. Ich hofte, mich so gewiß mit ihr zu versöhnen! Wollte ihr erzählen, daß der fremde Graf sie nie lieben würde, und muß sie in seinen Armen finden!

Franz. Begegne ihr so freundlich, so höflich! Und sie mir zweimal so grob! das will ich ihr gewiß gedenken!

(Graf und Baron treffen im Gehen an einander.)

Gr. Lohenh. (zu ihm) Sind sie noch hier?

Baron Schönb. Ja, werden sie noch heute abreisen?

Gr. Lohenh. Vielleicht! vielleicht auch nicht! Ich bin eigner Herr! habe niemanden Rechenschaft zu geben.

Baron Schönb. Auch fordere ich dieses nicht! Ich wollte nur wegen des Ehrenworts —

Graf Lohenh. Das werde ich als ein Mann halten, aber ich lasse mich nicht gerne daran erinnern, weil es Zweifel voraussetzt.

Elfter Auftritt.

Vorige. Ein Bedienter.

Bedienter. (zu Graf Lohenhausen) Der gnädige Herr Obriste lassen sich schönsten empfehlen, und ersuchen Euer Gnaden heute Abends bei ihm zu soupiren.

Graf Lohenh. Sag er nur seinem Herrn, daß ich heute schwerlich — — Es wäre mir nicht möglich — — Vielleicht ein andermal! — — (für sich im Abgeben) Verwünschter Zufall! Verdammtes Ehrenwort! (ab)

Baron Schönb. Auch ich laß mich dem Herrn Obristen empfehlen! Ich würde gerne
kom-

kommen, wenn es nicht die Baroninn ausdrücklich
verboten hätte.

Bedienter. Euer Gnaden! ich hatte keinen
Auftrag! sollte nur — — —

Baron Schönb. Je, so geh er zum Teu=
fel! (ab)

Franz. (zum Bedienten) He! Kammerad!
Wenn er die Kammerjungfer von der Baroninn
sieht! Er kennt sie doch? So sag er ihr — daß
ich — daß ich ewig — und wenn die Welt un=
tergienge, daß — — Ich kann vor Zorn itzt nicht
reden! — — Wenn er einmal wieder begegnet,
so will ichs ihm schon sagen, was er ihr sagen soll!

(ab)

Ende des dritten Aufzugs.

Vier=

Vierter Aufzug.

(Die ländliche Gegend des zweiten Aufzugs)

Erster Auftritt.

Graf Lohenhausen (von der Seite kommend)

Nun, da bin ich! Zog michs doch mit Gewalt hieher! (schlägt sich vor den Kopf) Ich bin ein Thor! Ich bin mehr als dieß — — Ich bin ver= liebt! Und in wen? In eine Erzkoquette! — Hat sie mich nicht betrogen? Hat sie nicht Komödie mit mir gespielt? Und doch — ich kann mir nicht hel= fen! (klopft aufs Herz) Da, da! liegts zentner= schwer! die ganze lange Nacht stund sie vor meinen Augen mit der unnachahmlichen Unschuldsmine, und wenn ich dann noch obendrein denke: Sie thats aus Liebe zu mir, so möchte ich mich zerreissen, daß ich das übereilte Ehrenwort gab! Röschen, sagte sie, empfiehlt sich zu geneigtem Andenken. O ich werde dich nie, nie vergessen! hier saß sie — drückte mir so sanft die Hand, und ich? — — (betrachtet

die

die Tanne, in welche die Baroninn ihren Namen schnitt)
Was ist das? I. W! H. L! das heißt: Julie
Waldheim! Heinrich Lohenhausen! Und das that
sie! Wer sonst? Sie liebt mich also wirklich!
Ah, das verdient Vergeltung! — — Weib,
ich muß dich besitzen, und wenn ich zehn Ehren=
worte gegeben hätte. Ich such ihn auf! For=
dere gleiche Großmuth! Ich zerreiß die Schrift!
Er gebe mein Ehrenwort zurück, und thut ers
nicht, so — mein ganzer Karakter hat sich oh=
nehin verändert — so duellire ich in meinem Le=
ben zum erstenmale! (will fort, steht auf einmal still)
Sei ein Mann! Er hat ältere Rechte! Liebte sie
eher! ich schenkte sie ihm, und sein Geschenk zurück=
fordern! das thut kein ehrlicher Mann! auf ande=
rer Unglück sein Glück bauen! Pfui! das wäre
schändlich! (die Hand aufs Herz) Sträube dich, wie
du willst! Ich kann dir nicht helfen! fort! fort!
das ist das beste.

Zweiter Auftritt.

Baron Schönb. (schleicht von der anderen
Seite herbei) Uiberall verfolg ich ihn! überall schleich
ich ihm nach! einem Verliebten ist mit hundert
Ehrenworten nicht zu trauen, und verliebt ist
er, cela est decidé! Daß verräth sein ganzes
Betragen! zehnmal befahl er diese Nacht einzuspan=
nen, und zehnmal widerrief er es wieder. Seufz=
te, fluchte auf das elende Wirthshaus, und
nannte mich einen Uiberlästigen! Was er nur

S 5   hier

hier bei dem Baume zu thun hatte? (betrachtet
solchen) Quoi? Sein Name? ihr Name? das war
also sein Geschäft? Nun kann mir wahrlich Angst
werden! so bald der Philosoph anfängt romantisch
zu denken, so ist er gewiß äusserst verliebt! Wenn
er nur fortreisen wollte, sonst bleibt mir gar keine
Hoffnung übrig! — — Unters Gesicht geh ich
ihm nicht mehr! er könnte mich in seiner Raserei
packen, das Ehrenwort wieder abzwingen, dann
wäre alles verloren! die Namen da! das Denkmal
seiner Liebe! Soll ichs vernichten! Nein, da stehen
solls! auch ich will meinen und ihren Namen hier
einschneiden! Sie mag den wählen! wahrscheinlich
nicht mich, aber auch ihn nicht! (geht zum gegen=
überstehenden Baume, in welchem Lieschen im zweiten
Aufzuge ihren Namen einschnitt, eröffnet das Messer,
indem er schneiden will) Wie? Sehe ich recht?
E. S. das ist mein Name! Ernst Schönberg! Wer
that das? Grand Dieu! wenns wahr wäre! und
sicher ists so? Sie thats in jener glücklichen
Zeit, wo ich glaubte, daß sie mich liebte!
Schnitt ihren und meinen Namen in diese
zwey Bäume! und der Graf kratzte nur itzt
den seinigen darunter! O verdammter Graf!
wärst du nicht gekommen, sie hätte meine Liebe
nicht verschmäht! Ich hätte gesiegt! — — —
Aber tausend Verbote sollen mich nicht länger zu=
rückhalten, ich eile zu ihr, ich erzähle ihr mei=
ne gemachte Entdeckung, sage ihr, daß der Graf
sie nie lieben darf, und fordere zurück, was ich

vor

vor einem Monate ſchon beſaß! (nach dem Schloſſe
zu, ab)

Dritter Auftritt.

Baroninn. Lischen. (von verſchiedenen Seiten)

Lischen. Hab ich doch Euer Gnaden überall
geſucht, dachts gleich, daß ich ſie hier finden
würde!

Baroninn. (ihr entgegen) Nun, wie iſts!
Hat ſie mit der Wirthin geſprochen?

Lischen. Ja! Sie kamen geſtern Abends beide! — — —

Baroninn. O laß ſie den andern aus, ſprech
ſie nur von ihm!

Lischen. Die Wirthinn macht eine ſeltſame
Beſchreibung von ihm! Sie meint, er ſei da
(auf den Kopf deutend) nicht recht richtig! er forderte zu eſſen, und aß nichts!

Baroninn. Hab ich doch auch nichts gegeſſen!

Lischen. Die Wirthin mußte ihm ein Bette
machen, und er gieng doch nicht ſchlafen!

Baroninn. Habe ich ein Auge zu gethan?

Lischen. Er gieng mit Sonnenaufgang ſpa-
tziren, und wie ich eben im Nebenzimmer mit der
Wirthin ſprach, ſo ſturmte er ins Zimmer hinein,
ſchrie; Anſpannen! Anſpannen!

Baroninn. (erſchrocken) Anſpannen!

Lis-

Lischen. Da hören sies, sagte die Wirthinn, das hat er die Nacht hindurch wohl zwanzigmal so gemacht!

Baroninn. Ah! den Himmel seys gedankt!

Lischen. Aber dasmal wars Ernst: kaum weren die Pferde vorm Wagen, so warf er sich mit seinem Bedienten hinein, und dann giengs im vollen Gallop auf und davon!

Baroninn. (langsam) Auf und davon!

Lischen. Ich lief ins Schloß, fand sie nicht, und wie ich hieher eilte, wollte der Wagen eben den Seebacherberg hinunter, ich sah nur noch den Staub, welchen der Wind hoch in die Luft führte.

Baroninn. (eine Pause) Also fort? Und mit ihm fort all meine Wünsche, all meine Freude, all mein Verlangen! Ich liebte ihn wirklich! — — Lischen, seine Abreise wird mich viel kosten! Ich bin unglücklich! O ich bin elend! — — Wo fuhr er denn hin?

Lischen. Ich traue mirs gar nicht, euer Gnaden zu sagen. Als er in Wagen sprang, that der Kutscher die nämliche Frage an ihn! Fort, über die Grenze, schrie er, ich mag das verdammte Land nicht mehr betretten!

Baroninn. Nie mehr? — — Das war hart! — Das hab ich nicht verdient! (sie wankt)

Lischen. (zu ihr eilend) Ihnen ist nicht wohl, gnädige Frau!

Das

Baroninn. Was kümmerts ihn? Mag ich doch hier harren und ſchmachten! (ſetzt ſich auf die Raſenbank)

Lischen. Sie weinen?

Baroninn. Ich weine? das iſt wohl ſehr albern von mir! was können mir Thränen nützen! und wenn ich die Stimme einer Poſaune hätte, er würde mich doch nicht hören! denn er eilt! Er fliegt ja! ſo mag er dann fliegen, mag ſich ſuchen ein Mädchen nach ſeinem Sinne! Ein Herz, das ſo ganz für ihn ſchlug, ein ſolches Herz findet er doch nicht!

Vierter Auftritt.

Vorige. **Baron Schönberg.** (vom Schloſſe herabeilend)

Baron Schönb. Wohl mir, daß ich ſie endlich treffe! Mein Herz, mon ange, iſt ſo voll, ſo gepreßt! Ich ſuche vergebens Worte! O Dank! heißer, glühender Dank!

(fällt ihr zu Füſſen)

Baroninn. Ich glaube, ſie raſen, Herr Baron!

Baron Schönb. Dann müßte mich nur die Freude raſend machen! Sie verboten mir zwar ihr Haus, aber ich hätte im Taumel meines Entzückens tauſend Wachen niedergeworfen, und Schlöſſer aufgeſprengt, bloß um ihnen danken zu können!

Ba»

Baroninn. Danken? Aber ums Himmels willen für was denn?

Baron Schönb. Für den überzeugendsten Beweis ihrer Liebe! O ma reine! ma princesse! Ich weis, ich bin überzeugt, daß sie mich geliebt haben, und komme sie zu bitten, daß sie mich wieder lieben. Ich laß mich nicht mehr abweisen! Ich will so lange flehen, bis sie mich erhören! Ich will Jahre lang schmachten, hinwelken, verborren! Je me meurs à vos pieds!

Baroninn. Wenn sie wüßten, wie angenehm mir ihre Possen sind, ich wette, sie würden die Komödie unterlassen. Kurz! ich verstehe sie nicht, ich weis gar nicht, was sie wollen, und bitte sie, mich zu verlassen!

Baron Schönb. O könnten doch diese Bäume reden! O gute, traute Bäume, seyd Zeugen ihrer Untreue!

Baroninn. Diese Bäume? Nun bin ich von dem Verlust ihres Verstandes überzeugt!

Baron Schönb. O nein, ich besitze ihn noch; und daß er sich hell und deutlich äußert, davon gleich eine Probe! Kommen sie nur näher! Wer schnitt diesen Namen in diesen Baum? Wessen Name ist es? Wer schnitt diesen hier ein? das H. L. hier hat der Graf erst diesen Morgen den seinigen darunter gekratzt! Nun bin ich noch bey Verstande? — — Sie werden roth? — — (zu ihren Füssen) Rendez moi heureux! O Julie! sprich es aus das glückliche Wort! Ich thats! ich liebte Dich!

Ba=

Baroninn. Zu diesen beiden hier bekenne ich mich! Wegen dem E und S dort mag sich meine Kammerjungfer entschuldigen.

Lischen. Herr Baron, dieß hier ist mein Name!

Baron. Ihr? ihr Name?

Lischen. Ja, ich heiße Elisabeth Schöninn! Als gestern Nachmittags meine gnädige Frau dort die beiden Namen einschnitt, so wollte ich nicht so leer da stehen, und schnitt zum Zeitvertreib den meinigen ein   Ich hätte ihn gerne auch gepaart, aber ich habe keinen Liebsten.

Baron Schönb. Ihr Name? dieß ihr Name? Kann sie darauf schwören?

Lischen. Ja, Herr Baron, hundert Eide, wenn sies verlangen   Es wird mir doch Niemand meinen ehrlichen Namen abdisputiren wollen!

Baron. (schlägt sich für den Kopf) Ach! das heißt betrogen!

Baroninn. (lächelnd) Heute glaubte ich wahrlich nicht zu lachen!

Baron Schönb. Ah, auch verlacht! verhöhnt! Aber lachen sie nur, lachen sie nur! Ich kann auch lachen! der Graf ist fort! das wissen sie doch!

Baroninn. Das weis ich (gezwungen) Und lache doch!

Baron Schönb. Immerhin! Aber, daß er nie wieder kömmt, daß er, so lange ich lebe, sie nie heirathen kann, dafür stehe ich! Comment trouvez vous cela?

Ba=

Baroninn. Armer Spötter! Sie werden es gewiß nicht verhindern.

Baron Schönb. Ich! Baron Schönberg verhindere es! Und damit sie es nur wissen, Madame la Baronne! Ihr theuerster Herr Graf ist gar nicht der Mann, für den sie ihn halten!

Baroninn. Ei, das wäre!

Baron Schönb. Ja, ja! daß ich und der Herr Graf einander kennen, haben sie doch gestern Abends gehört.

Baroninn. Ich habs!

Baron Schönb. Und als ich ihn fragte, was er hier macht? gab er mir nicht zur Antwort: daß er sein Wort halten wolle?

Baroninn. Es kann seyn!

Baron Schönb. Eh bien! So wissen sie denn, daß ich ihn dazu gezwungen habe. Ich gieng gestern früh in der größten Furie zu ihm, forderte entweder Entsagung ihrer Hand, oder ein Duell auf Leben und Tod! Der arme Graf erschrack, schützte tausend lächerliche Ursachen vor, und wollte ich par tout nicht duelliren! Ich zog also meinen Degen, und trieb ihn so in die Enge, daß er die besten Worte gab, und mich endlich mit einem Handschlag und auf sein Ehrenwort versicherte: Er wolle die Baroninn von Waldheim nicht lieben, und werde sie ewig nicht heirathen!

Baroninn. Schändlicher Lügner! Sie haben es bloß meiner Zerstreuung zu danken, daß ich sie so gebuldig anhöre!

Bas

Baron Schönb. Glauben ſies oder nicht
die Zeit wirds lehren, daß ich Wahrheit geſprochen!
Wärs nicht wahr, was ich ſage: Warum erſchrack
denn der Graf ſo, als er in ſeinem Bauernmäd=
chen die Baroninn Waldheim erkannte? Warum
trollte er ſich denn itzt ſo über Hals und Kopf fort?
Weil er ſein gegebenes Wort halten muß, und weil
ich ihm zum Ueberfluß noch ein paar Worte ins
Ohr raunte!

Baroninn. Herr Baron, ich bin ihres Ge=
ſchwätzes müde! Entweder ich, oder ſie gehen!
Welches von beiden beliebt?

Baron Schönb Ah! ich weiß zu leben und
entferne mich gern und willig; aber Machere,
ſie bekommen den Herrn Grafen doch nicht! ſur
mon honneur! ſie bekommen ihn doch nicht!

(ab)

Fünfter Auftritt.

Baroninn. Lischen.

Baroninn. (auf und abgehend) Wärs mög=
lich? — — — Aber, wie könnte mir nur der
ſeltſame Gedanke einfallen? Und doch ſollte ich bei=
nahe glauben, daß etwas mehr dahinter verborgen
läge, als die ſeltſame Grille nur ein Bauernmäd=
chen zu heurathen! — — — hm! Er liebt mich
nicht! das iſt die Urſache!

Lischen. Wollen euer Gnaden nicht lieber nach
dem Schloſſe gehen?

T   Ba=

Baroninn. Was soll ich dort?

Lischen. Der gnädige Onkel und Tante werden in Sorgen seyn!

Baroninn. Mögen Sie!

Lischen. Sie warten mit dem Frühstücke!

Baroninn. Ich werde nicht frühstücken! ach! ach! — der Graf muß schon weit seyn?

Lischen. Seiner Eile nach zu urtheilen? Ja! — — Erlauben Euer Gnaden, daß ich nur der gnädigen Tante Nachricht geben darf, wo wir sind! Ich weiß, daß sie schon aller Orten Bothen ausgeschickt hat.

Baroninn. Recht wohl! Ich bin gerne allein!

Lischen. Und ich gleich wieder hier!

(ab)

Sechster Auftritt.

Baroninn, gleich darauf **Graf Lohenhausen,** (in sich vertieft mit schnellen Schritten, hinter ihm **Franz.** keichend und athemlos)

Gr. Lohenh.. (das Bauernhaus betrachtend) Kerl! Warum führst du mich hieher?

Franz. Ich? Euer Gnaden, ich?

Gr. Lohenh. Ja du! Hörtest du nicht, daß ich über die Gränze will, und itzt bin ich doch wieder hier!

Franz. (immer Athem holend) Was kann denn ich dafür? Euer Gnaden sprangen — — auf ein=

einmal aus dem Wagen heraus — — Da
giengs, ohne ein Wort zu hören, — — über
Stock und Stein, — — über Felder und Wieſen! — — die Anhöhe herab — — und
gerade hieher — — Ich kann kaum Athen holen! —

Gr. Lohenh. Aber, wie wäre ich denn gerade hieher gekommen, wenn du mich nicht herge-
führt hätteſt? Wart, daß will ich dir merken.

Franz. Euer Gnaden, ich bitte um Gotteswillen, ich — — —

Gr. Lohenh. Halts Maul, was ſoll ich
nun hier? (geht auf und ab, erblickt endlich die Baroninn, welche einigemal vorher aufſtehen wollte, aber
wieder zurück ſank. Eine lange Pauſe.)

Gr. Lohenh. (ſie immer betrachtend; endlich
auf ſie zugehend, ihre Hand ergreifend) Rößchen! O
nein! nein! Nicht Rößchen und doch — doch!
Rößchen! Du haſt mich unglücklich gemacht!

Baroninn. (zitternd, verwirret, endlich aufſtehend)
Ich? — — Herr Graf? — — Wie wäre
das möglich?

Gr. Lohenh. Ja, ja! In dem gelindeſten
Ausdrucke unglücklich! (aufs Herz zeigend) Ach
Boshafte, ſie haben viel zu verantworten! O
wären ſie wirklich Rößchen! auf meinen Armen
wollte ich ſie in meinen Wagen tragen, und hundert — und tauſende ſollten ſie mir nicht rauben!
In welcher Wonne flöh ich dann mit ihnen auf
und davon. Aber ſo, ſo! Ich ſollte gar nicht
hier ſeyn, und bins doch! wollte nur einmal noch

T 2 dieß

dieß Thal sehen und muß grade sie treffen, um — um Abschied zu nehmen! Ein saurer Abschied! Ich weiß, sie verstehen nicht, was ich da alles her= plaudere, aber ich bin auch unvermögend es ihnen zu erklären!

Baroninn. (auf die Rasenbank zurück sinkend) Wollen sie sich nicht setzen, Herr Graf?

Gr. Lohenh. Herzlich gerne, wenn ich könn= te, dürfte! dürfte? — Ha, dann wäre auch niemand vermögend, mich wieder wegzubringen! Ich muß ihnen nur sagen — — — Aber, was hilfts? Ich und sie können es doch nicht ändern! Ich muß fort, — Also lieber bald, so lange es noch möglich ist! Leben sie wohl! Wir sehen nie uns wieder! (will ab)

Baroninn. Heinrich! Heinrich!

Gr. Lohenh. (zurückeilend) Röschen! mein Röschen!

Baroninn. (schmachtend) Ich heisse Julie!

Gr. Lohenh. Julie? Julie Waldheim? nicht wahr?

Baroninn. Ja! ja!

Gr. Lohenh. Das ists eben! Warum denn just Waldheim? Weib! das mein Herz so lange suchte, und endlich fand! Warum denn eben Wald= heim?

Baroninn. Sie wollen mich verlassen?

Gr. Lohenh. Ich will? O verdammt wä= re mein Wille, wenn er so etwas wollen könnte, aber ich muß, ich muß! — — könnte ich sie mit meinem Vermögen erkaufen; hin wollte ich

den

den Bettel werfen, den Rock mit einem Bayern=
kittel vertauschen, und mich glücklich dünken! Ich
liebe sie! O Baroninn, ich liebe sie so stark, als
noch kein Mann geliebt hat! — — —

Baroninn. (seine Hand ergreifend) Und ich
— — Nehmen sie es wenigstens mit, daß Be=
kenntniß meiner Schwäche! (ihr Gesicht verbergend)
Auch ich liebe sie.

Gr. Lohenh. (nach einer Pause) Diese Thrä=
ne mag ihnen danken! Wenn der Mann weint, so
fühlt er stark. Ich kann, glaub ich, ohne sie nicht
mehr leben, und muß doch fort! O wie glücklich
könnten wir seyn! Aber keine Aussicht, keine Hoff=
nung! Ich muß fort!

Baroninn. Ist denn ihr Gelübde ganz unauf=
lösbar? Muß es denn eben ein Bauernmädchen
seyn?

Gr. Lohenh. O nein! Wären sie meinet=
wegen eine Fürstinn, nur nicht Baroninn Wald=
heim! Ich bin über alle die Grillen, welche ich
mir anfangs machte, hinweg! Ich tadelte, kritisir=
te, nur so lange, als ich nicht liebte! Itzt sehe ich
an dieser Dame keine Fehler, nur Vollkommenhei=
ten! — — Aber sie sind die Baroninn von Wald=
heim! und ich muß ihnen, muß meinem Glücke,
aller Freude und Wonne entsagen!

Baroninn. (aufmerksam) Warum denn aber
des Names wegen?

Gr. Lohenh. Wollen sie einen Mann, der
eid = und wortbrüchig ist, dem jeder vors An=
gesicht treten und sagen kann: Du bist ein schlech=

ter

ter Kerl, du haſt dein Wort nicht gehalten?
Wollten ſie dieſen Mann?

Baroninn. Wärs möglich! — —

Gr. Lohenh. Ja, ich habe dem Baron
Schönberg heute früh mein Ehrenwort, meinen
Handſchlag gegeben, daß ich die Baroninn Wald=
heim nicht heurathen will! Thats einer ſo gerin=
gen Urſache wegen! O ich wollte mich gerne ver=
nichten, wenn ichs nur einen Tag zurück haben
könnte!

Baroninn. Wie? Sie hätten? Sie, Graf
Lohenhauſen haben dem Baron Schönberg ihr Wort
gegeben? Ihr Ehrenwort?

Gr. Lohenh. Ja, ich gabs!

Baroninn. O wiederholen ſie es noch ein=
mal! Sie gabens?

Gr. Lohenh. Ja, ich gabs, weil ich —

Baroninn. O Gott ſey Dank! das ſtärkte!
das richtet auf! Herr Graf, ich geſtehe ihnen of=
fenherzig, daß ich viel, daß ich groſſe Schwach=
heit für ſie fühlte; daß ich ſie innig, daß ich ſie
wahrhaft liebte! Aber dieß Geſtändniß iſt die herr=
lichſte Arznei für meine Krankheit!

Gr. Lohenh. Wie? ſollte? — —

Baroninn. Ja, ja! Ich hoffe noch heute
zu geneſen! Sie können in Gottes Namen reiſen!
Julie von Waldheim liebt nicht allein den ſchö=
nen, hübſchen Mann! Sie verlangt mehr! Sie
will auch einen Mann von Ehre! Einen herzhaften,
einen tapfern Mann! — — Ich bin ihre Die=
nerinn! (will ab)

Gr,

Gr. Lohenb. Nein! So nicht! Ich verlange, ich muß erst Erklärung haben! Sie sprachen da von Ehre! von Tapferkeit! Was soll das heissen? Ich bitte — Madam! Sie müssen sich erklären!

Baroninn. Ich dächte, sie thäten am besten, sie ersparrten mir die Wiederholung, und sich die Beschämung!

Gr. Lohenb. Beschämung? Mir das? bei Gott! — — —

Baroninn. Ereifern sie sich nicht, ich weiß alles! wenn sie so feige waren, bei dem Anblick eines blossen Degens ihr Ehrenwort zu geben, so hätten sich auch so vernünftig sein sollen, den Sieger zu bitten, daß er den ganzen Vorfall verschweige!

Gr. Lohenb. Ich, ich hätte! Verzeihen Sie, ich weiß mich nicht vor Wuth zu fassen! Ich! Ich! Ich weiß gar nicht, was ich sagen, was ich denken soll! — — Ach da steckt Büberei dahinter! Ich muß Licht haben! Sie wissen alles! So sagen sie also alles Madam! Weh dem! Weh ihnen, wenn ich sie auf einer Unwahrheit ertappe! Was wissen Sie?

Baroninn. Aber Herr Graf! — —

Gr. Lohenb. Ich wills wissen! Ich will alles wissen! Reden Sie! Sie haben mich auf das empfindlichste beleidigt! Sie haben meine Ehre gekränkt! O reden sie, reden sie, damit ich mich nicht vergesse!

Baroninn. Der Baron von Schönberg er=
zählte mir vor einigen Augenblicken, daß er Ihnen
mit dem Degen in der Hand das Ehrenwort, mich
nie zu heurathen abgenöthigt habe; sie bestätigten
itzt seine Aussage, die ich nicht glauben wollte,
und — —

Gr. Lohenb. Das, das hat der Baron ge=
sagt? Erzählt? Und das, das konnten sie glau=
ben? — — Ha, Bube, warte, das will ich
dir vergelten, bezahlen tausendfach! Glauben sie
itzt, was ihnen beliebt! — — Aber ich will ihn
aufsuchen den Undankbaren, den Heuchler! Ich
werde, ich muß ihn finden, gleichviel; ob er sich
in dem Mittelpunkte der Erde, oder in ein Sonnen=
stäubchen verborgen hätte! Packen will ich ihn
dann, ihn tragen zu ihren Füßen, herauspressen
sein Bekenntniß, und dann, dann Madam, eben
so kalt, eben so höhnisch, wie sie, von ihnen Ab=
schied nehmen, und sie — und alle Weiber ver=
achten! (stürmt fort)

Baroninn. Heinrich! Mein Heinrich, so
höre doch!

(ihm nach)

Siebenter Auftritt

(Zimmer im Schlosse des Obristen)

Obrister. Fr. Obristinn. (am Koffettische)

Obrister. Die Nichte ist noch nicht da?

Fr. Obristinn. Nein! Sie hat ihre Kammerjungfer hergeschickt! Sie will nicht frühstücken!

Obrister. Nun ja, wird sich kümmern, abhärmen und so hinsterben in ihren besten Jahren!

Fr. Obristinn. Trink doch, Alter, der Koffee wird kalt!

Obrister. Ich mag nicht! ich kann nicht! Ich bin satt von Kummer! hatte mir da so einen herrlichen Plan gemacht! Wollte in meinem Leben noch einmal recht lustig und vergnügt sein, aber es soll mir nicht so wohl werden! Weib, deinen Hühnern und Gänsen wärs übel gegangen! Ich glaube, ich hätte alle Kühe geschlachtet, und das ganze Dorf traktirt! Itzt kannst du meinen Flor hervorsuchen; werden bald eine Leiche haben.

Fr. Obristinn. Ah! es wird schon vorüber gehen! — — Der Graf ärgert mich recht mit seiner Kaprize!

Obrister. Mich noch mehr! Könnte da so glücklich mit dem Weibe leben, und just ein Bauernmädchen zum Weibe haben! Wenn ich

T 5   nur

nur recht mit ihm zanken könnte, so würde mirs
wohl seyn! Und der Baron, der Sausewind, soll
mir ja nicht unter die Augen kommen! Stellt sich
dahin, und verräth alles! Was hilfts ihm itzt?
Wenn sich das Ding nach und nach entwickelt hät=
te, so wärs doch besser gewesen; aber gleich mit
der Thüre ins Haus zu fallen, da wars freilich
nicht möglich. Wo ist denn der Graf Tillenhelb?
Schläft er noch?

Fr. Obristinn. Je bewahre! Er ist diesen
Morgen mit dem frühsten nach der Stadt gefahren!
Er wollte durchaus nicht länger warten!

Obrister. Recht so! Alles geht fort! da wer=
den wir sitzen, den ganzen Tag Kalender machen,
und an den Fingern käuen! Weißt du was,
Frau? Ich habe da einen Einfall! Er ist der Aus=
führung werth! — Der Graf ist doch noch im
Wirthshause?

Fr. Obristinn. Beileibe! Der Nichte Kam=
merjungfer erzählte mir eben, daß er vor einer
halben Stunde auf und davon gefahren sey.

Obrister. Auf und davon? Ei so — Wie
gesagt: Er ist des Weibes nicht werth! Wenn sie's
itzt wieder erfahren wird!

Fr. Obristinn. Sie weiß es schon!

Obrister. Auch so gut!

Fr. Obristinn. Mich dauert nur die arme
Lohenhausische Familie! Itzt ist er nun wieder
fort! Wird sicher irgendwo ein Bauernmädchen
aufklauben, und zur Schande und Spott aller in
die Familie hineinsetzen.

Obrister.

Obriſter. Ach, ich wollte, er thäts! Wirds früh genug bereuen? Ich bin ſo verdrüßlich, ſo mürriſch! Ich möchte mich ſchlagen und raufen, dann glaube ich, würde mirs beſſer! — — Trute, lege mir heute nichts im Weg, ſonſt vergreif ich mich zum erſtenmal an dir! Es zuckt mich ordent= lich in Händen! — — Ich ſoll mich nun einmal nicht freuen! Wenn ich dir ſo dran denke, wie ich das alles geordnet, rangirt hätte! was ich ſchon für Feſtins ausſtudirte! — — wenn ich die Hochzeit erlebt hätte! Ich glaube, ich wäre vor Freuden geſtorben.

Fr. Obriſtinn. Dafür bewahre uns Gott!

Achter Auftritt.

Vorige. Baroninn. (von zwei Bedienten ge= führt) **Lischen.**

Obriſter. Nun! da haben wir die Beſche= rung! Was iſt den geſchehen?

Fr. Obriſtinn. Um Gotteswillen, Nicht= chen, was iſt dir den wiederfahren? Du ſiehſt ja, wie der Tod, aus! Biſt du krank? Was iſt dir denn? Um Gotteswillen! ſo rede doch nur!

Lischen. Ich fand ſie am Ende des Gartens ohnmächtig! Rief geſchwind die Bedienten! Itzt ſcheints beſſer mit ihr zu werden.

Fr. Obriſtinn. Habt ihr denn nichts zu riechen? (ſucht in Schubſäcken) Da, liebes Nicht=
chen,

chen, riech, riech nur! Es wird gleich wieder gut seyn!

Obrister Liebe, gute Nichte! was ist ihnen?

Baroninn. (sieht ihn wehmüthig an) O es ist aus! alles aus!

Obrister. Ich weis es, lassen sie sichs nicht so sehr zu Herzen! Wer kanns ändern!

Baroninn. (ringt die Hände) O, ich kanns nicht ertragen! Wenn ich ihn nur um Verzeihung bitten könnte! Ich hab ihn sehr, sehr beleidigt! Lieber Onkel, haben sie Mitleiden mit mir!

Obrister. O ich habs! ich habs! Ich weine gleich mit ihnen, sie dürfen mich nicht viel bitten — — Ich glaube, hol mich der Belzebub, ich thus so schon! — — Sagen sie mir nur, wie ich ihnen helfen kann?

Baroninn. Mir ist nicht zu helfen! Alle Freuden meines Lebens sind verschwunden! Sie erlauben doch, daß ich bey ihnen bleiben darf?

Obrister. Fragen sie mich nicht. Sie sind ja mein Kind, und mein Kind werde ich nicht von mir lassen.

Baroninn. Auch sie, beste Tante, auch sie erlauben es?

Fr. Obristinn. Wie du nun fragen kannst! Lischen! Hol sie nur ein antispasmotisches Pulver! Sie liegen in meinem Schlafzimmer. Man muß ihr doch etwas eingeben.

Obrister. Der verdammte Graf! Er hat viel zu verantworten! Und wenn er noch Ursache hätte! Aber wegen einer so einfältigen Kaprize.

Ba=

Baroninn. Sie irren ſich, beſter Onkel! Er liebt mich eben ſo ſehr, wie ich ihn. Ich habe ihn erſt dieſen Morgen geſprochen! Auch als Dame würde er mich mit tauſend Freuden heura=then, aber da hat er dem Baron Schönberg, Gott weis auf was für Art, ſein Ehrenwort gegeben, mich nicht zu nehmen. Mit der ungezogenſten Freu=de, wahrſcheinlich mit tauſend Lügen durchwebt, erzählte es mir vorhin der Baron, der Graf kam hernach — — Beſter Onkel, ich bins nicht im Stande zu erzählen! Kurz, ich habe den Grafen ſehr, ſehr beleidigt, und dieſer ſucht izt den Baron mit bloſſem Degen in der Hand!

Fr. Obriſtinn. Je, um Gotteswillen! da kann ja gar Mord und Todſchlag geſchehen!

Obriſter. (nimmt Hut und Degen) Da muß ich auch dabey ſeyn! Sicher hat der Windbeutel eine Spizbüberey angeſtellt! Ich wills ſchon herauskrie=gen! Und, Nichte, da, meine Hand! Ich will ſchon alles wieder gut machen! Das ungerechte Ehrenwort muß der Baron wieder zurückgeben! Gehts nicht im Guten! ſo gehts im Böſen! Der alte Obriſte hat auch noch Galle! Seyn ſie ruhig Nichte, ich ſteh vor alles! Ich brings, ſo wahr ich Hanns heiſſe, ich brings ins Reine!

Baroninn. Bleiben ſie, beſter Onkel! der Graf iſt wüthend: Er könnte ſie es entgelten laſſen.

Fr. Obriſtinn. Um Gotteswillen, Alter, bleib hier! Was gehts denn dich an! denk nur, daß

die

die Duelle scharf verboten sind! Laß lieber Sturm läuten, damit die Bauern zusammenlaufen, und sie auseinander bringen!

Obrister. Ah, es wird nicht so scharf hergehen! Wo sollte denn der Baron die Kourage hernehmen? Laß mich Trute, ich muß meine Nichte glücklich sehen!

Baroninn.)   Liebster Onkel!
Fr. Obrist.) (zugleich)   Nein! Nein!
Alter, ich bitte dich um Gottes willen!

Reunter Auftritt.

Vorige. Graf Lohenhausen. Baron Schönberg. Franz.

Gr. Lohenh. (den Baron Schönberg an der Brust haltend) Hinein, sag ich! (zerrt ihn zur Baroninn und stellt ihn vor ihr hin) Itzt rede! (zum Obristen) Sie verzeihen, daß ich so in ihr Zimmer hereinstürme; aber meine Ehre forderts!

Obrister. Hat nichts zu sagen! brauchen sie ihre Komodität! weis auch, was Ehre ist!

Gr. Lohenh. (zum Baron Schönberg, welcher in armseliger Stellung vor der Baroninn steht) Itzt rede, oder ich erdroßle dich!

Baron Schönb. Mais! Mais! — — Wollten sie nicht die Domestiken entfernen?

Gr. Lohenh. Nein! alle! alle sollen es hören; Sind nicht noch mehr da? (ruft zur Thüre hinaus) He! Bediente! (drey Bediente treten herein

zum

zum Baron) Izt zum leztenmale ! Reden ſie ,
oder — —

Baron Schönb. Ja! ja! Gleich! Madame la Baronne, je vous! — —

Gr. Lohenh. Deutſch! damit es alle hören
und verſtehen!

Baron Schönb. Gnädige Frau, ich habe
ſie heute früh mit einer Unwahrheit hintergan=
gen — — —

Gr. Lohenh. Falſch! Sie müſſen ſagen :
Schändlich belogen!

Baron Schönb. Oui! Oui! Schändlich
belogen! Ich habe mit dem Herrn Grafen nicht
duellirt; ich gieng zwar in der Abſicht zu ihm,
er trieb mich aber ſo in die Enge, und zwang
mich — —

Gr. Lohenh. Hören ſie es izt, Madame!
Ich habe ihn gezwungen!

Baron Schönb. Oui! oui! Monſieur le
Comte! Und zwang mich, einen ſchriftlichen Re=
vers auszuſtellen, daß ich mich nie mehr duelliren,
auch ſie, gnädige Frau, nicht mehr mit meinen
Liebesanträgen inkommodiren wollte — — —

Baroninn. O! Herr Graf, ich danke —

Gr. Lohenh. Ich bitte! Weiter — — —

Baron Schönb. Oui! Oui! Monſieur le
Comte! Hernach waren der Herr Graf ſo groß=
müthig, den Revers wieder zu zerreißen! Sie ga-
ben mir allerhand gute Lehren, und endlich aus
Mitleid freiwillig und ungezwungen ihr Ehrenwort,
daß

daß sie die Baroninn von Waldheim nie heira=
then wollten! Ich habe also vorhin unwahr —
— — schändlich gelogen; und bitte sie, gnä=
dige Frau, und auch den Herrn Grafen tausend=
mal um Vergebung. Meine heftige Liebe muß mich
entschuldigen, ich glaubte denn Herrn Grafen schon
fort, und — und war also so kühn zu lügen. —
— Da ich übrigens izt sehe, das mir des Herrn
Grafen Ehrenwort nie etwas nützen wird, so gebe
ich es, wenn ich nur ungehindert nach der Stadt
retourniren darf, herzlich gerne und freiwillig vor
der ganzen Gesellschaft zurück!

Gr. Lohenb. Ich mag — ich will kein Ge=
schenk von ihnen! Ehemals vielleicht, aber izt —
— Noch einmal, ich wills nicht! — —

Obrister. Nein! nein! Geben sie es nur her!
Wiederholen sies noch einmal! Sie geben also das
Ehrenwort zurück?

Baron Schönb. Oui! Oui! Monsieur le
Colonel!

Obrister. Gut! Ich nehms in Verwahrung!
(fährt mit der Hand in die Tasche, und schlägt drauf)
Ich wills aufheben! Vielleicht können wirs doch
noch brauchen!

Gr. Lohenb. (zur Baroninn) Gnädige Frau
sie sind doch izt überzeugt?

Baroninn. O vollkommen! Auch ich bitte
sie um Verzeihung — —

Gr. Lohenb O ich bitte! Ersparren sie mir
die zweite Beschämung! (zum Baron) Izt können
sie

„ie gehen, wohin ſie wollen, aber daß ich ihnen, merken ſies wohl — —

Baron Schönb. Oui! Oui! Monſieur le Comte!

Gr. Lohenb. Wenn ſie ſich je unterſtehen mit Worten, oder nur mit Minen, oder nur mit einem Winke mich oder die Frau Baroninn zu beleidigen! wenn ſie meinen oder ihren Namen nur über ihre lügenhafte Zunge bringen, ſo ſey ihnen der da oben gnädig!

Baron Schönb. Fort bien! Ich will alles halten, alles erfüllen, wenn ich mich nur entfernen darf!

Gr. Lohenb. Gehen ſie! Ein Mann, der ſo ſchändlich, ſo ſchimpflich lügen, und noch ſchimpflicher wiederruffen kann, iſt meiner Rache nicht werth!

Baron Schönb. Oh vous me comblés de civilités! Ich danke unendlich! (zur Baroninn) Meine gnädige! — (will ihr die Hand küſſen)

Gr. Lohenb. Rühren ſie ihre Hand nicht an! Sie ſey ihnen von nun an ein unverleztes Heiligthum, und wenn ich je in meinem Leben hören ſollte, daß ſie ſich wieder um ihre Hand bewerben, ſo reiſe ich zwey, dreihundert Meilen weit, um mit ihnen auf einem Mantel mit ein paar engliſchen Piſtolen duelliren zu können.

Baron Schönb. O ich werde ſie gewiß nicht inkommodiren! Ich verſichere, gewiß nicht, Mes Dames! Meſſieurs! Ie ſuis votre tres humble Serviteur! (Ab.)

u   Obri=

Obrifter. He! Bediente! begleitet ihn, und wenn er daraußen ift, fo fchlagt ihm die Thüre hintern Rücken zu!

Fr. Obriftinn. Und fagt allen Mägden, daß fie ihm die Befen nachwerfen follen! Pfui! das ift ein undankbarer Menfch!

Gr. Lohenh. Izt, gnädige Frau, habe ich die Ehre mich ihnen zu empfehlen!

Baroninn. Graf! fie wollten fort?

Gr. Lohenh. Ich muß fort, und geftehe Ihnen aufrichtig, daß ich fie herzlich, innig lieb= te, daß ich — wie fie vorhin zu fagen belieb= ten — groffe Schwachheit für fie fühlte, aber auch ich liebe nicht allein das fchöne Geficht, die fchöne Geftalt, ich verlange eine Frau, die nie Mißtrauen in meine Worte fezt, nie meine Ehre beleidigt! (mit vielem Kampfe) Ich wünfche Ihnen das befte Glück auf Erden, und — und — empfehl mich ihnen nochmals!

Baroninn. Heinrich! du könnteft mich ver= laffen?

Gr. Lohenh. (fehr verwirrt) Ich muß — ich follte fchon — ich kann nicht — —

Baroninn. (mit offnen ausgeftreckten Armen) Heinrich! Mein Herz erwartet fie!

Gr. Lohenh. O ich! ich (fällt fchnell in ihre Arm) Ich bin überwunden! Julie, du haft gefiegt!

Obrifter. Viktoria! Viktoria! da, Herr Graf! Es ift das Ehrenwort des Barons!

Baroninn. Mein Heinrich!

Gr.

Gr. Lohenh. Meine Julie! Ewig! Ewig mein!

Obrifter. Nun ifts richtig? haben wir Hoch=zeit?

Gr. Lohenh. Meinen heiffeften Wünfchen nach, noch heute!

Obrifter. O bravo! bravo! Nun, Alte, mach Anftalt! Nun folls zugehen! da folls Feftins ge=ben! der Schulmeifter muß mir Trompeten und Pauken verschaffen! Ehrenpforten will ich bauen, obendrauf will ich alle Bauernkinder ftellen, und, wenn der Zug unten durchgeht, fo müffen fie aus vollem Halfe fchreien: Vivat Röschen! (läuft ab)

Fr. Obriftinn. Ach, ich bin fo voll Freu=den, daß nur die Meffallianze verhütet worden! Ich weis mich gar nicht zu faffen! Möchte fprin=gen und tanzen!

Franz. (hervortretend) Gnädiger Herr! Ich gratulire vom ganzen Herzen! Ich bin fo froh! fo — daß ich weinen muß!

Gr. Lohenh. Ich danke dir! du meinft's redlich! Bift von heute an mein Kammerdiener!

Lischen. (zur Baroninn) Auch ich, gnädige Frau — —

Baroninn. Schon gut! — Nun, mach fie, daß fie bald Kammerfrau wird!

Letzter Auftritt.

Vorige. Obrister.

Obrister. Die Freude hat mich zum Kinde gemacht! dachte da erst unterwegs, daß ich euch nicht einmal Glück gewünscht, nicht einmal gesegnet hätte! Komm her, Alte, komm her! Seid glücklich, meine Kinder! Ihr könnt nicht glauben was mein Herz empfindet! Liebt euern Onkel, eure Tante, und wenn wir einmal sterben, so ehrt unser Grab! Gottes reichsten Segen über euch! O lieber Vater im Himmel! du hast mich glücklich gemacht, mache sie auch glücklich! und izt ins Freie!

Gr. Lohenb. Ja! ja! ins Freie! Mein Herz hälts nicht länger aus! (alle bis auf Franz und Lischen ab)

Lischen. (zu Franzen) Herr Kammerdiener, haben sie gehört, was die gnädige Frau gesagt hat?

Franz. Habs! habs! Aber — — — doch Beleidigungen, die man Franz dem Bedienten angethan, weis Franz der Kammerdiener zu vergessen! (reicht ihr seinen Arm und geht mit ihr ab)